LOCUS

LOCUS

LOCUS

LOCUS

to

fiction

to 131
以下證言將被全面否認

作者：朱宥勳
編輯：林盈志
內頁繪圖：柳廣成
封面設計：簡廷昇
內頁排版：江宜蔚
校對：呂佳真、張晁銘
出版者：大塊文化出版股份有限公司
105022 台北市松山區南京東路四段25號11樓
www.locuspublishing.com
locus@locuspublishing.com
讀者服務專線：0800-006689
電話：02-87123898　傳真：02-87123897
郵撥帳號：18955675　戶名：大塊文化出版股份有限公司
法律顧問：董安丹律師、顧慕堯律師

總經銷：大和書報圖書股份有限公司
新北市新莊區五工五路2號
電 話：02-89902588　傳真：02-22901658

初版一刷：2022年9月
定價：新台幣380元
ISBN：978-626-7118-95-5

以下證言將被全面否認

THE TESTIMONIES WILL BE DENIED

— 朱宥勳

目錄

初版序：戰地裡哪來的鐘聲

在本書上梓之前，我和幾位朋友有著定期聚會的約定。我們基本上是同代人，獨立戰爭那一年都是中小學生的年紀。他們知道我近年在進行「戰爭記憶」的主題研究，因此若有什麼新發現、哪位值得一訪的報導人，便會在聚會上交換情報。本書若干篇章——為保護資料來源，恕我無法直接點明——，就是在朋友們大力協助下，才得以出土成文的。我們都是有些歷練的年紀了，也都明白「戰爭記憶」在如今的社會環境下，是多麼紛雜、沉痛又充滿矛盾的主題。於是，我們自然發展出一套「不爭辯對錯」的默契，就算彼此收集到的說法、介紹的報導人有明顯的衝突，也不會強求說服對方。

不過，這個默契卻在最近一次聚會破裂了。

起因是某人突發的抱怨：「你們知道嗎？現在的學校，上下課時間都沒有鐘聲了！他們說是為了讓師生一同學習『時間管理』，所以取消制式統一的上下課時間。天啊，沒有鐘聲的學校！你們可以想像嗎？就連戰爭期間，學校的鐘聲都沒有停止過，反而現在通通沒有了！」

某人的有感而發，想必是來自他最近剛上小學的女兒。我雖然沒有兒女，但因為身處文化、教育的圈子，對於取消鐘聲一事早有所聞，對這番話也就沒有太放在心上。我隨著大家一起舉杯安慰某人，說了些「時代變了」之類自己聽了也覺衰老的嘆語。本來這甚至算不上一個話題，大家藉此乾一杯也就完事了。不料另一位朋友瀝乾酒杯後，補上了一句：

「可是，我記得打仗那陣子，學校也沒有鐘聲啊——」

就是這句話掀了鍋。本來和樂融洽、一同暢述往事的大家，瞬間分成兩個陣營。一半的人記得當年校園鐘聲不輟，因為政府官員咬定解放軍不敢隨意轟炸學校，所以除非是陸軍交戰的區域，否則並不停課，當時的教育部長還出來說了「文明不會因為野蠻而暫停」的名言，至今仍時常被引用。但另外一半人卻認為前者記錯了，當時確實是以「盡可能不停課」為原則，甚至因此招致了反對黨「以學生為肉盾」的質疑，但為了節省電力、保持廣播線路暢通等安全考量，所有上下課鐘聲都被取消了。

或許是因為這件事不涉及政治立場、道德難題或創傷記憶，沒有敏感到需要尊重異己的程度；也或許是因為這牽涉到最單純無害的童年回憶，反而重要到不由得他人否定。總之，雙方為此激烈爭辯，卻誰也無法說服誰。賭氣也似的，這批在各自的領域均有所成的朋友，不分教師、作家、工程師、學者、總經理，在聚會結束之後，還持續用自己的方法考證「戰地裡有沒有鐘聲」的問題。有人試圖尋找當時頒布的行政命令，卻仍無法證明鐘聲之有無；有人則從影片下手，寫了爬蟲分析整個國家戰爭史資料庫。但這個看似簡單的細節，就像千千萬萬如今我們再也無法確認的歷史場景一樣，徹底丟失了謎底。一個幾千萬人居住，且手機與網路已然普及的國家，竟然就這麼剛好找不到一個，哪怕只是一個，記錄了戰時學生上下課細節的檔案。而且，這還不是年湮代遠的數百年前，僅僅只是二十年前，我們都親歷過的「當代」而已。

簡直就像是歷史之神刻意惡作劇，基於某種我們不知道的原因，將所有的「鐘聲」一手抹除了。

我沒有參與爭論。長年研究「戰爭記憶」的我，雖然從未思考過這個問題，卻已培養出某種直覺，讓我在聽到鐘聲爭辯的瞬間就意識到：這又是一個無法解決的問題。如果時至今日，我們連每一支部隊的具體行動、每一項政策的執行狀況，乃至於「是否曾有過某一舉措」——包括但不止於本書中提到的「假彈藥」、「戰鬥興奮劑」和「東方明珠塔事件」——都無法確證，那更庶民、更生活性的細節會缺乏記憶以外的可靠證據，也是無可奈何之事了。

如果說這幾年的研究讓我有什麼體悟，那便是「歷史的流失是不可逆的」，並不以人的情感為移轉。不管你覺得自己記得多麼真確，不管你多麼想要回憶起那些生命中的重要瞬間，戰爭所製造出來的巨大雜訊就是能夠遮蓋一切。

同時，這份體悟也支持了我至今的探索，以及各位所讀到的這本書。正是因為歷史之流失不可逆，因此我們沒有挑選的餘裕，而必須先傾盡全力，保留一切少為人知的記憶。這些記憶或許不被官方承認，或許不為主流意見所喜，或許跟「鐘聲」一樣永遠找不到證據，但「有人活在這些記憶裡」，卻是千真萬確之事。光是這一點，就使之有記錄留存的價值。

也因此，我從過往的研究裡挑出了五組報導人，將他們的記憶編寫為《以下證言將被全面否認》的五篇文章。我挑選的標準主要有二：一、他們所提供的細節數量足夠豐富，已到了普通人難以全盤虛構、編造的複雜度；二、他們所提供的視角與官方論述有一定距離，甚至也與其他民間觀點有所扞格，而能補充「另類觀點」。

當然，在此我也要澄清，我並不是認為他們所言必定為真，而官方或主流社會的否認必定有誤。事實上，就如同官方論述不可能句句屬實，我們幾乎也可以確定這些報導人的記憶不可能全然真實。這甚至毋須質疑任何人的道德水準和政治立場，因為這種不準確，是建立在人類心智內建的變形機制上的。任何經驗，必先變形為我們的心智能夠理解、接受、儲存的形式，才能被記憶歸檔。

因此，與其說這些故事的價值在於「它們全是真的」，不如說，我是懷抱著「如果它們不全是假的」之心念，才將之編織成文的。如果這些證言當中，有那麼幾絲如「鐘聲」一般，一旦散佚就無可挽救的事實細節，那就值得我們以文字刻抄，避免它們沖失在時間之流裡了吧。

也基於上述考量，我並未採取三年前的拙作《戰爭證言二〇四七》的報導文學形式來撰寫本書。我擔心如此「真實」的、「非虛構」的形式，會讓讀者誤會我全盤接受了報導人的證言。經過長久的思考和探索，我從台灣文學史的一部經典名作得到了靈感：距今大約一世紀前，有一部同樣描寫戰爭的作品，即鄧克保的《異域》。這本書出版之初被視為報導文學，但多年後人們發現，它其實是由作家鄧克保採訪前線老兵之後，重新編排情節的作品，本質上更接近紀實性的小說。

鄧克保的作法，在後世的文學研究引起不少倫理爭議。然而，我認為其「轉譯者」的敘述位置，是有值得取法之處的。因此，我斗膽僭借前輩作家的結構，編寫了這本《以下證言將被全面否認》。本書的五篇文章都來自報導人的口述，以及若干研究材料的交叉比對；但實際上落筆撰寫的，並非受訪者本人，而是由我消化、重整後代筆。因應不同主題，我也採取了不同的敘述方式，或有「備忘錄」、「報導」，亦有第一人稱與第三人稱的傳統小說形式。

如此交錯進行，意在混淆真實與虛構的界線。我希望讀者能夠理解：在看似言之鑿鑿的客觀形式裡，我們無法避免錯謬記憶的滲透；而在看似主觀任意的私我敘述裡，我們也無法排除堅硬抵抗著時間的事實。

真實與虛構，都是我希望提醒讀者注意的。至於如此矛盾而又貪心的願望，能不能在我有限的筆力之下完成，就並非我所能控制的了。

如果《以下證言將被全面否認》沒能完成它應完成的任務，責任自然在執筆者我身上。而如果本書有任何值得一提的價值，首先當然要感謝匿名的報導人，以及所有曾經提供寶貴記憶的倖存者。其次，便是支持我完成本書、在本文開頭提及的朋友們：永遠的第一位讀者謝宜安，在寫作上提供了我大量意見的林盈志、朱宥任、寺尾哲也、黃致中、李奕樵、陳栢青、林劭宏、田家綾、林于玄、吳俊賢、洪浩植、林衛央、陳慧潔、張喬雅、陳冠宏，以及從專業上提供我許多不可或缺之協助的周漢樺、Eagle Kuo、白兆立。如果沒有他們的協助，這本書恐怕是沒有機會誕生的。

最後，關於「鐘聲」一事，我也趁此向前列的朋友們表明立場：是的，我記得。我的腦袋裡，仍不時響起那輕快的、代表禁制解除、能夠跑向操場的水晶音樂。它時時縈繞我的腦際，夾雜著尖銳的空襲警報蜂鳴聲，使我幾乎難以好好思考，那個時候的我到底在哪裡、在做什麼、想些什麼。作為歷史研究者，我無法提出任何證據，說服和我意見不同的那半邊朋友。但作為一個人，我深深地理解：即便出現了「戰地裡沒有鐘聲」的明確證據，我腦袋裡的旋律與時代，也不可能就此取消。

這也是為什麼，我願意偶爾站在被否認的這一邊。

——朱宥勳，二〇六七年八月三十日

新版序

《以下證言將被全面否認》出版後，引起許多迴響。某些迴響我已有心理準備，某些迴響卻讓我覺得「我們所身處的現實」成了另一本離奇的小說。

無論如何，我感謝所有對本書發表過意見的人。故事會引發故事，因此保存一人的記憶，就必然會連帶拯救另一些可能消亡的記憶——即使以一種拮抗的、爭辯的、矛盾的形式。

或者不那麼唱高調，我也可以很世俗地說：正是因為出版以來的種種爭論，本書才能在這實體書市場衰微的世道下，而有再版的機會。由此，我甚至對那些焚書的人們，也有一絲感謝。作者不能選擇書籍被閱讀的方式，那是讀者的自由；而且，焚書的前提畢竟是購書。

另外，我也要將一份特殊的感謝，致贈給中國廈門大學台灣文化研究院的林運鴻先生。他以一種饒富興味的角度來閱讀《以下證言將被全面否認》，撰寫了〈对台岛分离主义者心战策反工作分析报告书〉一文。這或許是本書所收穫的，最別開生面卻又全然「合理」的一篇「書評」。因此，在獲得林運鴻先生的授權後，我們將該文附錄於後。本書既然是一本「被否認」之書，則理當有一點特權，來容納如此鮮明的「貴國觀點」。

附帶一提：林運鴻先生所建議的「允許本書在中國出版」一事，據我所知仍未成功。能不能「過去」，並非我們所能決定的；但讓他的觀點「過來」，卻是我們能先做到的。我希望如此融洽地輯錄了各篇文章的本書，能讓林運鴻先生分潤一點台灣式的幸福：正是因為我國已然基盤穩固，所以才有餘裕注視種種歷史罅隙。這能不能改變他閱讀本書的方式呢？那就留諸時間吧。文學總是善於等待的。

——朱宥勳，二〇六八年四月十六日

台灣人民解放陣線備忘錄

以下我們所述的一切，都將被台灣島上的官方機構反駁。他們會動員一切知識、理論、瑣碎拼湊的證據，務求抹煞我們的記憶。然而，這正是我們決定寫下這份文件的理由。在漫無邊際的暗夜裡，就算只是一顆微弱的早星，也能牽引千萬雙無所適從的眼睛。此刻的我們，在荒陬的寺裡燃起了最後的燭火。滿室令人暈眩的馨香，烈士牌位的影子打在紙面上，像是百年來的歷史，都要在這一夜浮現。他們的腳步越來越近了，軍靴的聲音，槍械跟防彈衣摩擦的聲音，洩漏了他們刻意壓低的口令。但我們幾乎一無所懼，我們只害怕時間不夠，不夠產下我方的歷史……

從祖國的第一枚導彈落在台灣島上時，歷史就開始扭曲了。但當時的我們並不知道，反而一片歡欣，以為這是歷史正軌的第一班車。一九四九年建政以來，不，該說是一九二一年中國共產黨創黨以來，幾代人從未或忘的民族統一大業，終於掙脫了西方強權的禁錮，唱起第一個清越的音符。台灣人民解放陣線的隊員，也是我們會裡最開朗忠誠的小勇士，九歲的阿明，當時正和他的父母住在淡水河邊。他從自家公寓的十二樓陽台看見了一切，並且為我們畫下導彈落地的樣子——導彈如一根長針，刺入河邊的土地。土地的猛烈痙攣以肉眼可見的幅度向外擴張，甚至越過河水。淡水河翻起滔天巨浪，猶如血脈倒行，周邊的建築物紛紛崩塌。

請恕我們只能以文字重述阿明的畫。這張充滿童趣的畫，本來都由阿明和他兩位「台解」資深隊員的父母保管著。在漫長的戰爭期間，這幅畫幾乎成為我們取食不盡的精神糧食。「台解」隊員偶遇挫敗，便會喚來阿明：「來，說說你那幅畫。」這時候，就算是行軍整日、雙腿抖顫的阿明，也會勇敢起來，從背包裡取出畫，說起那一天：「房子一間一間倒掉了，越來越近，好像空氣裡面的漣漪。最後，漣漪的邊邊碰到了我們家，窗戶轟轟震動，卻沒有碎掉。爸爸說的沒有錯，中國人不打中國人，所以我們家連一片窗戶都沒有破。」

那應該是開始，也應該是結束。即使九歲的阿明，後來也明白了：那發導彈，是打在淡水台軍的某處隱蔽陣地裡了。他甚至還懂得告訴第一次看見這幅畫的「台解」隊員，那是一次偉大的「佯攻」。現在，我們閉起眼睛都能在腦海裡見到那幅畫，但卻永遠沒辦法透過肉眼，再見到那稚弱又生猛的筆觸了。在一次台軍特務的圍捕裡，阿明和他的母親躲進山溝，卻誤踩了毒蛇的巢穴，小小的身軀發紫腫脹，倒在星夜下的竹坡……

無論如何，那次佯攻確實打亂了台軍的部署。根據我方的情報，台軍高層至少在接下來的六個小時，都陷入幾近失能的混亂中。因為在台獨分子事前的狂妄評估裡，即使已經偵測到我軍大規模調動的跡象，他們仍認為這僅僅是宣傳大於實質的手段，堅信我軍不會與美日撕破臉。然而，這場必打的戰爭早已準備了一百年以上，歷史已再無拖延的餘地。台軍高層不斷收到各地被導彈襲擊的消息：台北、新北、桃園、新竹、台中、台南、高雄、屏東、宜蘭、花蓮、台東。他們因此疲於奔命，不知道哪個方向才是我軍真正的目標，要向何處增援，只能下令各地部隊自行進入掩蔽陣地。

走筆至此，我們實在必須讚嘆祖國情報單位長年的布建成果。從高層到民間，我軍的同志無所不在。因此，就在第一顆導彈落地的六小時內，從高層到民間也充滿了同志釋放出的假訊息，以巨量情報麻痺了台軍的神經。台軍直到快要破曉，才曉得實際上受到導彈襲擊的縣市，只有上列報告的一半。更精彩的，是透過官方、民間的各種管道，成功迷惑了台中、高雄兩個軍團的指揮官，使他們誤以為對方陣前叛變，從而虛耗兵力在彼此對峙。根據難以證實的情報，高雄軍團甚至對台中大肚山一帶的陣地進行了一波多管火箭炸射，使我軍根本沒有以導彈攻擊的台中軍團損失了若干裝甲部隊。

然而，正是因為我們身在台灣，親眼見證那激情壯烈的一夜，於是更為後來的事態感到可惜。我們並非有意批評祖國，在這倒數計時的寒夜裡，更沒有標新立異以干名譽的心思。我們有的只是深深的惋惜：如果，如果祖國當時同時發起海空登島作戰。或者不必海空聯合，就算僅以少數精兵空降於台北政經中樞，或許就能在這混亂的六小時內拿下台灣。歷史的窗口是如此狹窄，卻又使得一衣帶水的台灣海峽如此荒遠。但這後見之明，並不能用以責備層峰的決策，因為當時的我們，也陷於擔憂之中：祖國做好了登陸作戰的準備嗎？此時距離台媒第一次報導祖國大部隊調動的時點，只有一個月左右，這與坊間盛傳的「登陸戰需要六個月以上的準備期」差距實在太大。

後來的發展，「台解」大多數隊員是既憂慮又安心的，就像肩上扛著兩桶水，每天的心情搖晃著、搖晃著，有時憂慮重一些，有時安心重一些。憂慮也者，是擔心倉促的渡海作戰能否成功？安心也者，是得知祖國採取「邊打邊訓」的策略，連續以導彈、空襲打擊台軍，同時加緊海軍與陸軍的登陸準備，有全盤考量而不至於匆促。然而這安心中也有憂慮，這樣悠緩的步調，是否將貽誤戰機？不過，對祖國信仰堅定的我們，在憂慮中也努力安心著：我們要相信這百年一遇的歷史時刻。

總之，戰爭轉入了我們從未料想的局面：連續數週的導彈打擊、空戰、戰略轟炸與海軍交火。那一陣子，「台解」的隊員都很不好過——我們所期待的登陸戰，日日啃噬著我們的理智。然而，我們知道軍事只是手段，相信祖國必有更深遠的政治謀畫。祖國顯然並沒有一次傾倒火力，瞬間壓倒台軍的打算，而只是要透過精準的外科手術式攻擊，讓台軍理解到抵抗之無望。那是好生之德的心意，也是不戰而屈人之兵的謀略。很快的，台灣社會就陷入混亂，幾乎沒有連續兩天的電力供應是正常的，糧食、藥品、衣物的物價飛漲，甚至連民生用水都有人哄抬價格。我們有一位隊員，就親眼看到商人載了一車的礦泉水，要賣給某學校。貨車都開到校門口了，卻臨時掉頭走人；據說有人出了五倍的價格。

見證此事的隊員，立刻回報我們的祕密網站。我們將消息加工，做成一段「高官冷血搶學生的水喝」之影片，在各個社群網站與通話群組裡推送。這段影片引起了巨大的迴響，在我們最後一次確認時，其點閱率已經超過了三百萬。在接到進一步指令之前，這是我們為祖國大業盡一份心力的方式——它和我們後續推送的一系列文字、圖卡、影片，不敢說是戰功彪炳吧，但我們有信心這些子彈確實殺傷了不少敵人。那段時間，我們持續監控台灣社會的輿論，用台獨分子曾經在選舉中擊敗我們的手段，狠狠痛擊回去。在「台解」三十多名隊員的努力之下，我們建立了上百個網路群組，成功發起了至少十次起義或準起義行動——這其實並不困難，我們只要告訴飢餓的同胞，何時何處有民間組織發放賑災物資就可以了。

無日無之的導彈襲擊，使得同胞渴慕祖國之心越來越烈，卻也使得台獨分子神智昏迷，鎮日叫囂「抗中護國」。他們在島內發起祭奠陣亡軍民的活動，架設網站，立起了「烈士牆」的照片版面——我們實在必須忍住噁心，才能寫下他們所盜用的「烈士」之名——，以此煽動純樸的台灣人民對抗祖國。他們的口號是「血債火還」，呼籲主政的台獨政黨全力反擊。

毫無疑問，時任總統蔣志怡是刻意縱容這些台獨分子的。不，不只是縱容，從之後雙方互相迎合、猶如套招對舞的醜惡姿態來看，或許這些台獨分子正是蔣志怡精心佈置的側翼，用來形成社會輿論，好謀奪她在島內的統治權威於不墜。蔣志怡是本島第二位女性領導人，比起陰沉平庸的蔡英文，她更是工於心計、善於隱藏其陰謀的蛇蠍之人。蔣志怡出身宜蘭，自稱是蔣渭水的後代。然而，根據我們的調查，蔣志怡與蔣渭水雖不能說毫無關係，卻是旁支再旁支的後裔。如此稀薄的關聯，竟成為她的政治資本——面對台獨分子，她就說自己要繼承蔣渭水，為民主台灣奮鬥；面對我方，她就說蔣渭水從辛亥革命以來，就懂得「要救台灣，非先從救祖國著手不可」，自己從未忘本。這樣的雙面詭計，使她獲得大多數民意的支持，第一次競選總統就拿下六成以上的高票；連任競選也以超過五成的成績過關。

必須向歷史懺悔的是，即連「台解」忠貞不二的隊員們，也有半數惑於她的話術，至少一次投票給她。希望我們向歷史的交代，能夠換來後世愛國者對政治詐術的警惕：台獨分子雖然眼界狹窄，不出島內；但其用心之詭詐，卻也不能小覷。當時的我們，多半失望於國民黨的長年積弱，無能逆轉日益猖狂的台獨聲浪。蔣志怡的「蔣渭水路線」，不啻是風雨中的一片屋簷，讓我們得以喘息。現在想來，我們之誤國何深！我們本以為她能撥亂反正，一改台灣數十年來的烏煙瘴氣……

「我還曾跟著她的車隊，叫她『蔣總統』！」

「台解」內最憨直的農民戰士黃正民每思及此，都會悔恨地掉淚。

這位「蔣總統」其實早早就有了謀求台獨的狼子野心，只是以詭詐的政治表演掩蓋了。蔣志怡上任以來，先大動作取消總統視導每年「漢光演習」的慣例，即使被外界批評為「廢弛武備」也不改其志。這更堅定了「台解」許多成員對她的支持：這可是兩岸放下武力對峙的好兆頭！但部分的觀察家已在她上任一年後指出，蔣志怡雖然停止參與所有公開的軍方活動，私底下卻緊抓三軍將領的人事權，迅速換上自己的親信。到了第二任期，觀察家盤點蔣志怡的施政作為時，赫然發現：蔣志怡透過不受國會監督的「總統特別預算」及各種轉移焦點的手法，讓外界忽視，她竟然大幅擴張了軍事開支！光是任期的前五年，其武器採購與生產之數量，便已超出她精神上的導師蔡英文兩任的總額。

但是，當時沒有人相信這位身形嬌小、語氣綿軟、總是以裙裝出席所有場合的蔣志怡，會有為台獨一戰的意願。事實上，她從第一任期末開始聲望動搖，正是因為被民進黨內其他派系質疑「不夠獨」，對祖國沒有堅定對抗之志。他們批評蔣志怡，認為她批准了延宕多時的幾項貿易法案，加入了祖國主導的大東亞關稅組織，是卑躬屈膝之舉。而在我們看來，形勢卻是一片大好。我們怎麼能料得到，這全是騙術的一部分！

可惜的是，被訛詐的似乎不只我們。蔣志怡的精心偽裝，竟似也誤導了祖國的判斷。祖國最初估計，在連續的導彈攻擊之後，島內必定升起厭戰風氣，蔣志怡則會因為無法承受社會壓力，轉而向祖國尋求談判。從一開始，祖國就只打算進行一場有限度的戰爭，不但是「邊打邊訓」，也是「邊打邊談」，如果能不登陸就不登陸，以摧毀島內人心為主。這是「驅民意、吞民主」的思路——上面這些「祖國的判斷」，今後想必也將被祖國政府全面否認吧。但這確確實實，是「台解」從上級組織那裡得到的戰略指導，就在第一顆導彈轟炸的三天後。那陣子，我們一再呼求上級明示登陸的時間表，終於有一位國台辦幹部以私人身分告訴我們：如果一切順利，這會是一場「只有天空與海洋」的戰爭。我們的失望，並不是我們往後一連串失敗的藉口。但越到戰爭後期，我們越是衷心期望，這僅僅是指導員為安撫我們而編出的理由，而不是層峰真正的謀畫。雖然，我們也深切責備自己，竟沒能預先對此一計畫之不現實性，提出份內的警告。

我們顯然錯估了島內人心的向背：確實有不少人呼籲放下武器，但更多的人卻陷入一種原始的激憤之中。這樣的「民氣」，讓蔣志怡有了不投降的底氣。在第一天的六小時混亂之後，她立刻進駐了任期七年來從未進入過的衡山指揮所，通令各軍團盤點損失，並且進入固守反擊態勢。令人驚訝的是，她似乎對一切軍事流程極之熟稔。根據某份八卦小報，蔣志怡在參謀總長鍾邵逸的陪同下，召開第一次軍事會議時，隨即訓斥了前夜情報收集的混亂，要求以國安會報為核心重整情報流程。這一下馬威震肅了所有在場的高階將官。接下來，蔣志怡點名高雄軍團指揮官，聽取他「誤擊台中軍團陣地」的經過。有了幾分鐘的前車之鑑，高雄軍團指揮官知道自己罪責難免，立刻在視訊畫面上口頭請辭。然而，蔣志怡並不批准也不批否，轉而點名台中軍團指揮官。台中軍團指揮官氣忿難平，抱怨自己損失了兩輛戰車，其餘載具四輛，官兵受傷十七人。

高雄軍團指揮官的臉色更加難看了。指揮所內氣氛緊繃。

不料，蔣志怡竟然微微一笑，宣布：台中軍團指揮官隱蔽反應得當，在危急之時，仍保存官兵生命，顯然平素訓練與陣地構築精實，記功兩次；而高雄軍團指揮官雖在情報判讀上出現失誤，然而在事發兩小時內立刻出擊，衛國之忱可感，亦記功一次。唯高雄軍團殺傷台中軍團是事實，因此高雄軍團指揮官之功績暫扣不發，待到高雄軍團第一次接敵勝利之後，再一併處理。

八卦小報寫得繪聲繪影，自然不可盡信。不過，蔣志怡善用媒體側翼鼓譟時勢，這份報導應可視為官方放出的消息，或也不至於全假。無論事實成分多寡，這份報導立刻席捲了整個台灣，點閱率超過千萬，蔣志怡也因此在軍民之間樹立了堅決抵抗、作風明快的個人形象。而高雄軍團指揮官在之後的戰役裡表現突出，也被媒體形容為「圖報國恩」，成為祖國統一大業的絆腳石，是我們咬牙也必須承認的事實。

接下來事態的發展，是令我們心痛卻又必須秉筆寫下的。一百年來，多少人努力避免兩岸同胞相殘，一切心血都在這年四月的風雷裡破滅。蔣志怡重整將官士氣之後，先是佯作談判準備，每天召開記者會呼籲和平、並聲明「不應以戰爭作為解決爭端的手段」。然而同一時間，島內「血債火還」的呼聲越來越高，激進台獨分子拉著白布條，在台北街頭遊行、連署。路過的人紛紛以小刀割破食指，在布條上簽下自己的名字。根據對方的宣傳，全台灣一週之內就收到了三十萬個血字簽名，他們稱之為「鐵血衛國大連署」。我們曾經試圖組織幾波抗議，以截斷他們囂張的氣焰，無奈動員之人數實在不成比例，更發生了「台解」隊員落單，被台獨分子包圍毆打的狀況，故最後仍退守網路，以文宣戰為鬥爭主軸。

而就在這段期間，蔣志怡坐山觀虎鬥，似乎對於是否反擊還在猶豫；然而現下的我們已經知道，這正是蔣志怡的陰沉謀略——她刻意放任我們與台獨分子游鬥，不取締也不制止；加上每日落下的導彈，使得台灣的社會輿論浸泡在屢屢加溫的憤怒毒液之中。我們是被利用了，她就是要我們抗議、就是要我們文宣鬥爭，我們的一言一行，都被算計成為動員台獨情緒的薪柴。第一顆導彈落下後的十一天內，蔣志怡每日的記者會，為她在西方世界博得了「克制」、「忍讓」的美名。而這十一天的鬱積，卻又使台灣社會終於極速地法西斯化，撕裂成為仇視祖國的惡獸……

四月二十七日，蔣志怡下令反擊。一部分台軍戰機取道日本空域，偷偷逼近上海進行防空壓制作戰。在一波電子突襲與反輻射導彈的騷擾下，祖國的空防出現了短暫的盲區。就在凌晨兩點許，五枚台製「雲峰」導彈射向上海，其中三發被我軍攔截，兩發命中了東方明珠塔；其餘各式導彈，則分批進襲祖國東南沿海的各海軍基地、港口、機場。

攻打軍用設施，這在意料之內，暫且不提。但命中東方明珠塔的那兩枚「雲峰」，恐怕將是未來數十年、乃至百年內歷史學家爭論不停的話題。蔣志怡政府並未提出任何警告，就直接襲擊民用設施，而且是代表性的地標，這著棋出乎所有人的意料。由於攻擊時間是凌晨，實際損傷並不多——若在白天，恐怕會是傷亡千百人的大災難。上海市民在夜夢中聽聞劇烈的爆炸、震動，隨之看見遠方燃起了熊熊烈火，消防車的鳴笛聲響徹全城。國際媒體不分時差，都立刻報導了東方明珠的現場實況。一夜過去，本來模糊漆黑、火光閃動的畫面，終於被陽光照見了全貌：東方明珠塔攔腰折斷，那顆醒目的圓球破碎一地，像是一顆跌落的雞蛋；而在塔的周邊，道路上遍地殘瓦，火勢雖已撲滅，餘煙卻還持續飛繞。這一末世般的情景，讓許多以為自己身在「後方」的上海市民陷入了震驚與哀慟。在短視頻網站Life-Live上，出現數千則人們喃喃唸著「東方明珠……」，既而呆滯、痛哭失聲的視頻；此一創痛，對祖國來說，絕不亞於美國世紀初遭逢的「九一一事件」。民眾哭泣、咒罵、甚至以頭撞牆的短視頻，每小時都增加數千則。我方情報單位隨即便察覺到這不尋常——Life-Live確實是最熱門的社交平台，但焉有整個網路，這麼剛好一齊痛哭的道理？這莫非也是台軍作戰的一環？

東方明珠毫無軍事價值，照理說不應花費寶貴的「雲峰」來攻擊。但如果，台軍從一開始就打算以之作為心戰目標呢？

時至今日，我們仍然難以持平評價蔣志怡這步棋的好壞。不，我們甚至很難客觀證明這是不是蔣志怡政府原來的意圖。東方明珠坍塌的畫面，在全球媒體二十四小時播送，震驚世人。西方媒體此時也難以故作漠然，紛紛出聲譴責台軍暴行。然而，蔣志怡政府卻高調召開國際記者會，聲明從未以飛彈襲擊東方明珠。相反地，他們公布了若干衛星照片，說明他們成功炸毀海南島、福州、舟山等地的軍事設施，有所謂「重挫中國犯台之圖謀」的成果，但攻擊目標並不包含上海。面對國際記者詢問東方明珠何以倒塌，蔣志怡態度輕佻，竟回答：「熟讀中國文學的人，都知道『苦肉計』是什麼意思吧？」記者一片譁然。同席的鍾邵逸接過麥克風，冷冷補上一句：「若是我方飛彈襲擊，則現場必有破裂的零組件。中方既然指控我國，何不拿出證據，說明是哪一型飛彈？」

根據我方的防空系統，當時確實有五發「雲峰」射向上海。更何況，上海周邊的防空系統在那一瞬間被暫時壓制，也是事實，沒道理台軍費盡力氣誤導了我軍防空系統，卻一彈不發吧？然而，鍾邵逸一語，卻讓我方在宣傳鬥爭上完全落了下風：我方真的找不到任何足以證明彈種的零組件！現場所能找到的，僅僅是一些融化的普通金屬，和任何導彈都會使用的陶瓷複合材料的碎片而已。此一現象，已非遠離祖國千里的我們所能解釋，只能盼望未來有歷史學家能為祖國洗清冤屈吧。

自茲而後，蔣志怡政府對「東方明珠塔事件」一概統一口徑：祖國所發布的關於「雲峰轟炸東方明珠」之事，純係虛構，台軍始終恪遵戰爭倫理，不會殺傷無辜平民。同時，他們更加強宣傳，誣指祖國「炮製東方明珠塔事件，是為了發動報復攻擊、屠殺台灣人民做張本」，於是疏散台北一〇一等多處地標民眾。一連串行動，反使我方處處被動，投鼠忌器，深恐任何一枚失控導彈擊中平民所在之區域，都將被其利用為宣傳鬥爭材料。

荒謬的是，雖然蔣志怡政府對於轟炸東方明珠一事始終不鬆口，但島內的台獨分子卻始終堅信，東方明珠是被一種台軍祕密研製的導彈擊倒的，因而士氣大振。他們甚至感嘆，蔣志怡畢竟是婦人心腸，若選擇傍晚時分動手，豈不是能多殺幾人？以同胞之血濃於水，卻有如此心思，台獨分子之殘暴冷血可見一斑！

接下來的數週，雙方的轟炸仍然持續，強度卻陡然降低，頗令人思起當年金門「單打雙不打」的沉悶局面。台軍導彈存量不多，每次還擊僅挑選少數目標，偶然得手，便大肆宣傳。相較之下，雖然我軍戰果較優，但島內宣傳管道往往被源頭阻斷，難以擴散。「台解」隊員發現，所有我們常用的帳號都被刻意調降了觸及率，甚至時有圖文影音被刪除，系統卻未曾通知的情況發生。這引起了我們的警覺，這或許是我們被台軍網路戰單位盯上的徵兆。於是，我們在「台解」祕密網站進行最後一次討論，決定暫時停止網路活動，無限期終止線上通訊，直到再次收到上級指令為止。

「台解」成員一共三十七人，其中十七人在台北市，十人在新北市，五人在基隆市，高度集中於北北基地區。因此，我們決定讓北北基以外的隊員，就地無限期隱蔽，直到祖國軍隊登陸之後，再前往報到。而北北基的三十二人則以新北市的汐止、石碇、平溪交界的一處山村為備援基地，先遣陳塗山、張松炎兩位同志進村安排。其中，陳塗山在村中土生土長，早已與村中有力人士達成默契，能夠在危急之時掩護「台解」志士；而張松炎是退休的資訊工程師，也是「台解」的「網軍」主力，我們的網站和網路戰策略，都幸賴他的指揮若定，基於「戰力保存」的考量，遂先行讓他上山躲藏。

我們的計畫，最終只完成了一半。陳塗山安全抵達山村，並且在一片紊亂的局面下，找到了足以容納五十人的房舍，並且開始囤積食品與飲水，這關鍵的一步至少延長了「台解」數個月的存續，也是我們之所以能在寒郊荒寺之內，寫下這份備忘錄的原因。我們沒有一天忘記陳塗山同志的貢獻，就如同我們沒有一天忘記抱著炸彈、最終與自己的理想一同壯烈犧牲的黃正民同志一樣。

抱歉，我們弄亂了次序，但已沒有時間塗改了。真正要說的是張松炎。在開戰之前，張松炎是一個退休不久、妻子溫婉賢淑、一雙兒女在歐洲工作的精悍男子。他不是「台解」最資深的隊員，卻絕對是最熱心的隊員之一。難得的是，他出生於一個台灣南部的台獨家庭，家中至今還留存著蔡英文全套作品，包含她退休之後那些自吹自擂的偽傳。他在六十歲退休，閒暇時參與了「台解」舉辦的老電影欣賞會，才逐步潛移默化，成為我們的核心成員。他最喜歡的一部電影，是一九六〇年代的《劉必稼》，每提起必讚嘆：「在我出生之前，前人已經拍出那麼了不起的東西來了！」

之所以細述他的經歷，實是我們不忍下筆之故。就在陳塗山傳訊報平安的同時，我們也收到令人不安的消息：張松炎並未依約上山，音訊全無。

多日以後，我們才接到黃正民同志時斷時續的電話。那不只是因為電訊干擾的緣故，更是因為黃正民嚎啕得難以說好一個完整的句子。黃正民家住三峽，自願前往鶯歌的張松炎家裡探察情況，還沒走到張家門口，他已遠遠看見了……看見了張松炎夫婦。他們已成烈士，遺體高掛在巷口的路燈上。黃正民號泣著說：「他們就這樣走來走去，沒有一個人，沒有一個人……經過的時候……他們看也不看一眼。」或許，死亡的陰影已在那一刻滲入了黃正民的血管。不只是為了張松炎夫婦的慘死，更為了四鄰淡漠的存活。思及此，每每也令我們失去對人心的信望：難道台獨分子真的就這麼沒有人性？難道島上這麼多這麼多的同胞，終將成為如此沒有人性的台獨分子？我們也只能彼此寬慰：那漠然，或許是因為恐怖吧。即便是戰爭期間，沒有軍警的撐腰，也不能這樣虐殺鄰人的，這必是台軍的粗殘手段。或許附近正有軍警監視著。我們只能抱著一連串的「或許」，才不至於被徒然的無力感擊倒。

收拾心情，我們思考了當下的情況。如果張松炎烈士的犧牲，是軍警特務策畫的，這至少意味著：我們真的被盯上了；而且，他們很可能已從張松炎烈士的電腦中，取得了我們的內部網站資料。如果是這樣，「台解」的其餘隊員全部都暴露在危險之中，即連山村的位置都應視作已經洩漏。如此一來，撤不撤到安全基地，意義已經不大。在這彈丸封閉的台灣島內，我們又能逃向何處呢？不如端正儀貌，為理想從容就義，讓猥瑣的台獨分子見識到泱泱千年的意志吧。不過，這番料想，事後證明並不正確。或許是張松炎烈士及時刪除了資料，也或許是台獨軍警根本沒有發現張松炎烈士的關鍵角色，預期中的逮捕並未發生，陳塗山的山村基地也沒有在此時暴露。接下來漫長的時期，不管是台海局勢還是「台解」面對的局勢，都僅僅是在悲痛中僵持著無以排解的沉悶。

回看大局：在台海雙方的駁火消耗下，台軍的海空力量迅速萎縮，但祖國方面也損傷不小，難以擁有決定性的制空、制海優勢。其中最關鍵的，是我軍尚未消滅台軍的「濁水級」潛艦。「濁水級」乃是二〇二〇年代末期，所謂「潛艦國造」的第二代產品，配有更加安靜的機組系統，以及六管垂直導彈發射器。因此，這艘重達三千噸的「濁水級」不但號稱能以重型魚雷摧毀祖國的航空母艦，亦能以攻艦、攻陸導彈威脅我軍。「濁水級」原擬量產六艘，後來因為研發進度不如預期，至開戰時只有一艘正式服役。即使如此，我方仍不敢掉以輕心，將之視為台軍最大的「王牌」。台軍顯然也有此意識，幾次海戰之中，屢見第一代潛艦「高屏級」出手參戰，卻從來不見「濁水級」蹤影。在我軍有計畫的誘殺之下，八艘「高屏級」在開戰的三個月間，陸續被擊傷或擊毀，但只要「濁水級」仍存在一日，渡海登陸作戰就存有隱憂……

勝利的契機，終於在五月初出現。當時我軍以大量導彈驅逐艦逼近基隆，逼退台軍殘存的「玉山級」巡防艦，並以導彈襲擊台北近郊的雷達、油庫、彈藥庫等據點。就在第一輪炸射之後，「濁水級」從深不可測的海底，以兩發重型魚雷攻擊我軍驅逐艦，瞬間擊沉一艘、擊傷一艘。根據我方內部報告，此時海面浪柱四起，我軍官兵翻騰求生，景象令人鼻酸。附近的海空軍部隊偵知此事，火速組織反擊，終於在一小時後鎖定「濁水級」，以三發空射魚雷將它葬送在台灣海峽的谷底。

這是筆墨難以形容的時刻，當我們從上級的口中得知此一戰果時，簡直心跳欲狂。很快的，這件「壞消息」也傳遍了台灣。已被蔣政府控制的電視台，以驚魂難定的語氣，逞強質疑「這或又是中國的另一波假訊息攻勢」。然而，一週後，祖國海軍發起的海空登陸作戰粉碎了所有自欺欺人。如果「濁水級」還生存，為何整個台海，我軍都能暢行無阻呢？那段時間，「台解」隊員都盡可能足不出戶，以免在愁雲慘霧的鄰人之間，洩漏了無比真實的歡欣之情，而引來不必要的紛爭。

祖國穩紮穩打、不躁進的戰略，在那時看來是完全正確的。數十年來，所有人都以為祖國會以閃電攻勢，在數天內結束台海戰爭。但這種說法只能視為一種宣傳，而不是軍事科學上可行的方案。事實上，宣傳「閃電戰」，正是為了誤導敵人，讓台軍誤以為祖國不願意承受「持久戰」的風險。祖國真正準備的方案，其實反而是「持久戰」。如同德國社會學家韋伯的名言：「政治，是一種並施熱情和判斷力，去出勁而緩慢地穿透硬木板的工作。」軍事即為政治，在中國統一大業這塊硬木板之前，祖國上下有那個決心和意志「緩慢地穿透」。

五月中旬，台軍少量海軍艦艇已不成威脅，空軍也僅能維持少部分區域的制空權。我軍被台導彈破壞的港口設施，則恢復到可運作水準，此刻正要發起人類史上最大的登陸作戰。五月十三日，一個天氣明朗的初夏清晨，我軍同時對淡水、桃園、新竹、台中、屏東、宜蘭發起搶灘。作為牽制側翼，我軍空降部隊也往這些區域的海岸後方投送。我軍亦動用了最後存量的導彈，對全台重要鐵公路進行轟炸，意圖阻斷台軍的跨區增援。

百年的苦心經營，數十年的反覆推演，等待的就是這一刻。「祖國」終於不再是一個隔海相望的形體，而是踏上這塊土地的、明確清晰的存在。可嘆這一刻，我們都只能在淺薄的睡眠中度過，而無緣親眼目睹來自祖國的艨艟戰列！

事實證明，我軍的策略十分成功。除了淡水方面的部隊，受到台軍炸橋阻撓，付出較高的代價之外，其他各方面的部隊都在比預期更小的損失之下，闢出了灘頭陣地。當時，我們認為是這陣子以來的轟炸軟化了台軍的抵抗意志。據估計，我方第一波登陸部隊總數應在五萬人以上，大多數都是輕步兵，而沒有太多重武器。這也是為什麼，即使成功佔領灘頭陣地，登陸作戰是否成功仍在未定之天——台軍的裝甲打擊旅隨時會對灘頭發起逆襲。而我軍的重武器，則要運輸船團回頭、裝載、再渡海，至少要三十小時之後才能下卸第二波增援部隊。

這段時間發生在各地的英勇戰役，並非我們能夠細數的，就留待後世史家之筆來詳細描摹。值得一記，而容易被祖國史家忽略的，當屬發生在高雄的「四維事件」了吧。前文提及，蔣志怡在開戰第一日的軍事會議上，令高雄軍團指揮官「戴功上陣」。此人名喚趙思墨，祖籍浙江，是蔣志怡親自任命的陸軍上將。他的父親是一九四九年來台老兵，把兒子取名為「思墨」，一方面是希望兒子不要再入行伍，而能讀書升學；一方面卻也希望兒子有報國之心，勿忘「莒與即墨」史事。趙思墨轄下兵力一萬多人，負責台南、高雄、屏東戰區，兵力雖然不多，但配有裝甲旅、砲兵旅和一定數量的攻擊直升機，對我軍之威脅極大。

根據報導，高屏地區的兩個縣市長，早在開戰之初，就已有私下協議：若是我軍登陸，即以研商防務為由，邀請趙思墨到高雄市政府開會，席間調動親信警力俘虜趙思墨，迫他交出指揮權。兩縣市長一為國民黨籍、一為無黨籍，兩人均是地方派系出身，深信此計能夠換取我方信任，以此投誠。兩人亦透過多年合作的國台辦管道，將計畫祕密通知我方。我軍於屏東搶灘作戰開始後，趙思墨即調動部隊阻擊，雙方一時十分僵持。就在戰事方熾的時刻，他收到兩縣市長的邀請，立刻以軍務急迫、無法抽身為由拒絕。兩縣市長卻急於在我軍完全登陸前立下易幟之功，一再堅請，終於引起趙思墨警覺。趙思墨於是答應在登陸第四日凌晨三時撥空前往。約定時間一到，趙思墨親率警衛營從鳳山營區出發，火速包圍高雄市四維行政中心，旋即破門而入。在零星抵抗後，高雄、屏東兩縣市長被俘，現場逮捕了預先埋伏於市府的高雄市警局苓雅分局長及警員十餘人。

此一「四維事件」震驚全台，乃是台海戰爭以來，第一個島內軍警譁變事件，可惜功敗垂成。事發後，台獨分子激憤難消，全台各地之國民黨黨部都遭遇了「遍地開花」之抗議。群眾以汽油彈攻擊黨部建築，而台軍、警、消單位則默許這些行為，僅以少量人力灌救黨部旁被波及之民居。

「四維事件」之所以值得一記，是因為我們能夠確定，坊間這些報導的真實度非常高，或許是戰爭期間少數真實的報導了。只是，這些報導仍然存在著歷史的暗角，不得不藉此機會留下一筆：事實上，在高、屏兩縣市長間穿針引線，並且說服他們投誠我方的，乃是高雄市長的婦女後援會會長徐春綢。徐春綢在高雄地方人脈深厚，世代為鹽埕一帶的地主。她在歷次選戰中賣力輔選，乃國民黨暌違十多年重奪高雄市政權的關鍵角色。「四維事件」雖然失敗，然而她一片愛國赤忱則不容抹煞，歷史必須記上一筆。而徐春綢，正是我們「台解」的元老成員之一，開戰之初，她便曾向部分隊員吐露這個構想。我們有責任使她不讓鬚眉的熱血繼續奔流，特別當她在「四維事件」之後便杳無音信，完全失蹤。她不在逮捕名單上，也未有陣亡的消息傳出，生死難測。雖為一介女流，她毫無疑問有著烈士的品格，但容我們在無法查證的山村裡面，暫不稱她為「烈士」。我們祈願她還未進入愛國亡魂的英靈殿，仍在島上某處奮戰。

不過，「四維事件」的詳情，我們是在撤回安全基地之後，才從隊員的口中拼湊出來的。事情發生的當下，多數北部隊員並不知道此事。當時我們正策畫另一場行動——這正是「台解」赤膽忠心的明證，即使與組織斷裂，我們也總是在思考個人能如何盡力。在登陸戰開打後的第三天清晨，十一名來自北北基各地的隊員，以黃正民同志為首，身懷土製炸彈潛入了台北車站。同樣參與這次行動的，還有阿明與他的父母周定方、蔡蓮。他們夫妻曾在台灣鐵路管理局任職，對鐵路系統的運作有一定程度的瞭解，他們打算摧毀台北車站的關鍵機組，來癱瘓北北基地區的鐵路運輸，以遲滯台軍的人員、物資調動。

在周定方夫婦熟門熟路的帶領下，此行動一開始非常順利。但在幾處爆炸聲響起之後，附近的警衛聞風而來，使得「台解」隊員的撤退受阻。僅有薄弱火力的「台解」隊員奮勇抵抗，邊打邊退，卻眼見退路將被截斷。此時，黃正民同志忽然對著同伴呼喊：「我數到三，你們就走！不要回頭！」根據阿明後來的描述，他從黃大哥淒厲的話聲裡，已經猜到黃正民的意圖，眼淚幾乎就要噴湧而出。但他告訴自己要勇敢，不能哭。黃正民的「三」音爆響後，迅即以無畏槍彈的氣勢，衝向正在合圍的軍警。接著再一聲巨響，黃正民引爆了本來足以截斷三條鐵路的炸彈。烈士的肉體飛散滅裂，炸出一條死而後生的血路……

參與台北車站行動的十一人中，最終僅有六人生還。

根據上級所述，台軍在此時基本已失去制空權。據傳有殘存的戰機飛到沖繩，尋求美軍基地的庇護，但美、日、台當局都予以否認。我們人在地面，每日聽著戰機呼嘯而過，撕扯天空的音爆聲一如開戰之初，此時聽起來卻分外親切；那已經不是美製的「F」系列，而是祖國的「殲」系列了吧。在這段日子裡，祖國的軍機音浪和阿明的導彈圖說，是我們支撐下去的重要力量。北北基一帶所有同志，也在沒有約定的情況下，憑著默契，陸續步行前往山村基地。其中九人，包含從台北車站撤退的阿明等六人，匯聚在南港的一名同志家中，是「台解」此時最大的分隊。

這支分隊在撤回山村基地前，接受了上級直接交派的任務：一架殲20雙座戰機在空戰中不幸故障墜毀，兩名飛行員成功彈射逃生；求救訊號顯示，飛行員或正藏匿在南港、石碇一帶的山區裡。這支分隊立刻盤整手中物資——除了糧水藥品外，更有從黑市中購得的三把手槍和兩把衝鋒槍——，出發援救。他們打算一找到兩名飛行員，就整隊撤回山村基地，隱蔽到我軍控制大台北地區為止。畢竟，在張松炎、黃正民等烈士的犧牲之後，「台解」實在經不起冒進的行動了。

不料，這次飛行員救援行動，卻是「台解」成立以來，最詭譎的一段經歷。為了避免被監聽，「台解」的搜救分隊一離開南港市區，除了簡易的無線電對講機，就沒有其他通訊設備可以使用了，當然更與上級斷了所有聯繫。這是一切混亂的開始。搜救分隊前往指定座標，卻在半途就找到一具掛在樹上的我軍飛行員屍身。搜救分隊強忍悲痛，花了一段時間才確認：這不是我們要找的飛行員，應是另有戰機被擊落了。但因為無法與上級聯繫，只能暫且撕下飛行員胸口繡有姓名的布牌，然後繼續上路。

接下來的四天，搜救分隊經歷了十二次一模一樣的過程——找到飛行員屍身，確定不是目標，帶走布牌。預期中的戰鬥並未發生，命運沒有向搜救分隊射來一槍一彈，卻惡戲似地，引導我們在這塊不大的山林窄路上，發現一具又一具陣亡的我軍飛行員，可辨識的至少有十四人。我們不忍再重述這些烈士的境遇，只能說，它們的樣子，經過高空墜毀的歷程後，逼得搜救分隊幾乎人人精神崩潰。最年幼的阿明受創極重，從第一天晚上開始就不笑不語，腳步一停，便似若有所思、卻又若無所思地盯著自己的手掌。第四天下午，搜救分隊從一條野狗口中搶下一條手臂。野狗往山溝邊竄逃，全隊陷入沉默。忽然之間，阿明狠狠咬住自己的左上臂，驚動了所有人。一陣手忙腳亂，眾人才終於撬開阿明的嘴，他的牙齒上已沾滿自己的血水與口水，他「哇」

地一聲哭了出來：「我的手給他！我的手給他！」

搜救分隊在情緒重擔下，仍然漸漸理清了思緒。十四名陣亡的飛行員，若加上上級交派的兩人，代表：在這幾天之內，至少有八架我軍戰機在這附近墜毀。但是，不是說台軍已經失去制空權了嗎？為何我軍還會蒙受這麼重大的傷亡？搜救分隊已無法向上級聯繫，更不知外間局勢如何，不由得心生茫然。隊員當下決定，第五天再做最後的搜索，若仍無所獲，就帶著崩潰的阿明直接撤回山村基地，放棄任務。隊員沒有明說，彼此卻很清楚，再找下去，恐怕不只是九歲的阿明要失去心智。

終於在第五天中午，搜救分隊找到了唯一生還的汪立上尉。汪立被發現時，身上有多處骨折，也可能有內出血，但四肢完好，神智尚稱清醒。他就是上級交辦的救援對象之一。奇怪的是，他被發現的地方，就在南港通往石碇最主要的道路「舊莊街」上，也是搜救分隊過去四天，至少兩次經過的地點。汪立宣稱他沒有離開過那個地方，因為當他勉強用防水布，在路邊的草叢內搭起遮風的據點之後，就再沒有力氣走動了。但是，搜救分隊從來沒有看到那塊十分顯眼、毫無掩蔽可言的防水布。

「這幾天你吃什麼？」一名隊員問。

汪立露出了恍惚的神情。

「好像。好像有人拿了雞蛋跟雞腿給我。」

搜救分隊面面相覷。這實在不合理。先別說以島內此刻民情，一般民眾不太可能救濟我軍官兵。就算有人願意救濟，也萬無每天拿食物過來，卻又放汪立在這裡風吹日曬的道理。更何況，「台解」隊員本身都已許久沒有吃到新鮮肉品了；而汪立面色如土，身形虛弱，更不像是有那麼豐盛的進食。部分隊員不祥地想起，他的描述，似乎頗符合一種石碇山區的荒誕傳說……

閒話休提，我們只記信史。搜救分隊是「台解」成員中，最後一批上山的。三十多名北北基成員，成功抵達山村基地的，僅有十六人。在陳塗山同志的安排下，我們住進了村內唯一的寺廟「光明寺」。寺前的一段上坡路設有山門，上書對聯：「光耀古今不生不滅悲智具足曰覺曰禪」、「明照十方無增無減福慧莊嚴是心是寺」，氣韻古雅。在搜救分隊抵達的那個黃昏，陳塗山和他的祖母正站在山門底下接應。陳氏祖母退休前是三十多年的村長，當年精明強悍，自己作主招贅，遂將自己的姓氏傳給孫子陳塗山。至今九十多歲高齡，仍耳聰目明，上下山路健步如飛。據陳塗山說，祖母年輕時也差一點就成了烈士，因此她完全理解我們的志向。我們上山的一切所需，都是祖母跟村裡打點好的。

「阿嬤說，好好幹，不必謝。」

就算不是為了報答陳氏祖母的恩情，光憑山村基地的掩護之功，她也應當被永誌於歷史冊頁。光明寺的形制十分別緻，與台灣尋常寺廟的熱鬧鋪張大不相同，甚至可以說是有點過於清冷了。寺門口對面有一座小亭，裡頭陳列著好幾尊石造佛像。每一尊佛像，都由一顆巨大的卵形石塊挖空、雕塑、成形。進到寺裡，首先是一座面積十分驚人的池塘，讓池後的建築彷彿俯身對鏡。寺內花木整齊，左邊的正殿素淨空闊，釋迦牟尼佛端坐主位；再往左走，則有一小廂房，供著幾個牌位。我們後來在這裡，一一添上了「台解」烈士的名字。

這個基地實在太理想了。安靜堅固，地勢封閉。不但遠離市區，也不會打擾村民起居。

我們把廂房闢出，用以照顧汪立。在接下來的幾週裡，那就是我們的「診所」了。汪立當天晚上便高燒不止，彷彿是身體知道到了安全的地方，能發病了。我們只能盡量給他退燒藥，煮些營養的東西。阿明的父母周定方、蔡蓮和搜救分隊的成員一致決定，為了不要打擊其他隊員的士氣，暫時不說出這幾天找到了十四具飛行員屍體之事，所有識別布牌則由蔡蓮保管。一切稍微停當，蔡蓮將阿明拉到懷裡，細細消毒臂上的傷口。阿明眼神飄浮，最終定在仰躺夢囈的汪立身上。

「星星。」阿明說：「他說星星。」

蔡蓮一頭霧水。什麼星星？

後來我們才知道，是「衛星」，汪立說的是「衛星」。在他生命中最後恍惚的三十個小時，曾有數度清醒的時刻。根據不同梯次值班照顧的隊員所得線索，拼湊出來的說法是：他此次前來，是為了執行一個機密任務，要導引祖國的衛星武器，「軟殺」台軍殘存的作戰平台，以能量手段燒壞武器的迴路。如果這套衛星測試成功，那即便美、日介入也不怕了，祖國的衛星隨時也可以「軟殺」前來干預的外國機艦。他說，這衛星真是強大，他明明已經躲在安全距離外觀測了，戰機還是瞬間失能……

所以，汪立是被祖國的衛星擊墜的？

莫非，整個山區的飛行員屍體，都是這樣來的？

這些問題，後世的史家必能得到公正的結論，我們也不必徒作猜想了。這一以汪立破碎的夢囈拼湊出來的訊息，我們甚至也無法證明真假，也許其真實程度，並不超過他在山區待援那幾天所見到的幻象。然而「我們確實分別聽見了汪立的片段說法」，應可說是歷史事實，姑且一記也不為過吧。

何況當時的我們，實在很需要一點慰藉，來相信這場戰爭終將勝利。不，我們當然相信祖國必勝，只是在這樣的時刻，必然也顯得那麼遙遠，遙遠得讓人脆弱。山村寂寥，我們什麼也做不了，只能在光明寺內的小塔上倚欄遠眺，看山路曲曲彎彎。遠方的台北市區，因為分區限電的緣故，每天亮起的方位都不一樣。有時，暗夜裡會有一陣騷動，然後是爆炸、火光與濃煙。這時我們就會喚來阿明，說說他那幅導彈圖：「爸爸說的沒有錯，中國人不打中國人……」在一個同樣模糊的夜晚，汪立的身體移出了廂房，名字卻寫上了牌位。如果不開燈，就和其他名字一樣，是看不清楚的。而我們的心情又擔起了兩個水桶：一天為了這樣的轟炸高興，高興祖國步步進逼；隔天卻會為了一樣的爆炸沮喪，祖國啊祖國，你到底何時才能觸及這座山村！

大約是在七月的某一日——具體的日期，已經遺落在枯索的山濤之中了——，陳塗山慌慌張張對我們說，村子裡傳來了不好的消息。

他們說，台軍開始反攻了。

新北、桃園、新竹一帶的台軍已完全奪回灘頭，俘虜大批我軍部隊。台軍之台中軍團已獲得決定性勝利，正掃蕩我軍殘部。高雄軍團趙思墨上將接受了攻打屏東之我軍將官的投降。同時，他正揮兵繞過台灣最南角，準備增援台東。目前我軍仍佔有的灘頭，主要在宜蘭、花蓮一帶。因為宜蘭被登陸之後，台軍立刻炸斷雪山隧道，以阻止我軍進襲台北；這反而使得台軍的反擊，目前仍無法及於宜蘭。

「這是真的嗎？」

陳塗山臉色鐵青：「我看到了新聞影像，有一整隊坦克駛向海邊。」

「那可能是任何一段海岸。桃園已經運來了我軍裝甲部隊，不可能那麼簡單的。」

「但他們相信那是桃園的海岸。我是說，村裡的大家都相信。」

陳塗山話聲裡陰然的懼怖，瞬間把我們從巨大的、家國崩壞的悲傷，拉回嚴峻的現實裡。沒錯，重點不是此一訊息是否真實，重點是，人們相信它真實。然後，他們就會採取因應於「真實」的行動。這我們再清楚不過了，還在山下，還能用網路的時候，張松炎就是帶我們這樣幹的。

所以，村民會出賣我們。

走念至此，我們一齊抬頭望向陳塗山。陳塗山被嚇退了小半步，苦澀地說：「我們現在要怎麼辦？」

我們要請客吃飯。

我們告訴陳塗山，一切都結束了。投降吧。戰爭結束，他們也就不能隨便把誰吊上路燈了，不是嗎。我們告訴陳塗山，讓陳塗山告訴村民，他們不必擔心，我們不會連累他們，我們會自己下山，自己投降。只是在那之前，我們想請村民好好吃一頓飯，謝謝他們這幾個禮拜的照顧。我們帶了很多罐頭，本來可以再吃一個月的，通通拿出來吧。願意吃的，通通都來，我們要宴請全村的人，慶祝戰爭結束。

他們贏了，我們恭喜他們。

陳塗山臉上雪融一般的表情，讓我們確信自己做對了這件事。

他畢竟還是他們的一分子。不是我們的。

宴會很順利地召開了。這個破落的荒村本來就只剩下六、七十人，除了不能走動的，全都來了。畢竟開戰以來，人們已經不知多久沒有開懷飲宴了。在整個台灣島上，恐怕沒有誰比我們今夜吃得還要豪華，連蔣志怡都不可能有這等口福。在光明寺素淨空闊、風格清冷的正殿裡，我們無視於釋迦牟尼佛的眼神，無視一座佛寺應有的戒規，大口吃肉。平常刮點油霜，配著吞下口糧餅乾的牛肉罐頭，整罐整罐的倒進熱水裡，起了滾沸的油湯；只在隊員生日，才開一罐全隊分食的鳳梨罐頭，此刻也全兌了水裝在鐵鍋裡，那就是開戰之前喝過的雞尾酒了。甚至有人帶來了真正的酒：存了幾個月的米酒，高粱，罐裝台啤。我們分享全部，村民也是，這樣的歡宴幾乎就是人生的至福時刻。

太久沒喝酒，大家很快就醉了。陳塗山開始唱起歌，一邊把頭賴在陳氏祖母的肩上，一邊腳踩完全不準確的拍子。其他村民的說話聲也越來越大，說起了他們在新聞上看到的事情：「濁水級」原來並沒有被擊沉，原來是詐死啊，蔣志怡這王八蛋騙了我們全國哈哈……也騙了阿共全國哈哈哈……「高屏級」其實也藏了兩台，夭壽喔……都藏在OKINAWA……美國人壞啦，還拿我們的海灘去賭捏……放他們上來了十幾萬人……阿共以為安全了連貨船漁船都派出來載兵……「濁水級」才突然跑出來……喀擦喀擦全部切斷……十幾萬沒彈沒糧的人質啊哈哈哈哈……

這是我們最後一次獲得台海戰局的情報了，其真實度為何，就由層峰判斷吧，我們已經離海岸線太遠太遠。

我們現在只能打自己打得起的仗。

陳塗山的歌聲漸漸弱了下去，酒以及酒以外的事物開始發揮效力。村民在大殿的蒲團上歪倒一片。我們一一綁住村民手腳。若有抵抗，就以鈍物打暈，全部完成後才鎖上正殿。隔日接近正午，殿內開始傳出哭聲與咆哮。我們開鎖進入，整村人的鬧聲震耳欲聾。他們指著我們斥罵、哭求，陳塗山甚至扭拐著身子，作勢要撲向一名隊員，卻一下翻倒在地，額角重重地磕出血來。

「現在，」我們說：「是誰開始散布謠言的？」

「只要告訴我們，我們就會放你走。」

「祖國戰敗的謠言，是誰先開始講的？」

我們的聲音鎮定沉穩，使得大殿靜了下來。我們分成兩組，一組看守正殿，一組到左廂房裡，建立了臨時的偵訊室。看守組負責依指令把村民帶進偵訊室。我們沒有刑具，也不需要刑具。我們的問題只有一個：「你聽誰說的？」如果被審訊者講不出來，我們就向一旁的記錄員喊：「就是他，送走！」此話一落，被審訊者往往會厲聲尖叫，開始吐出鄰人、甚至是家人的名字。記錄員寫下名字，從中擇取與告發者關係最親者一人，直接提來對質。他們兩兩相對的那一瞬間，彼此就是彼此的刑具，憤怒、瘋狂、眼突齒碎都是常情，他們於是明白了什麼是出賣。我們要他們每個人都明白什麼是出賣。

一整天過去了，這張赤煉蛇般的人際網覆蓋了整個村子，正殿裡每個人都被拖進拖出至少一次，哭聲從憤怒轉向絕望。只有一個人例外，那便是陳氏祖母。高齡九十多的陳氏祖母被綁了一整天，就像所有人一樣，沒有進食、原地便溺，全身早已臭氣熏天。但是，只有她沒被點名。任何村民都沒有提到她的名字，她一整天都沒移動過。

當隊員將她拖出正殿時，整村的人都支起了最後的力氣，一邊怒吼、一邊橫七豎八地翻滾，試圖阻絆隊員的前進。這使得我們必須一一踹開他們，才能把祖母輕盈的身體帶出正殿。陳塗山發狠咬住了隊員的腳，我們這才意識到自己的綑綁，仍然有著生手的疏漏——其他村民彷彿終於想起了自己的牙齒，也蠕動著身體，試圖追咬最近的隊員。幾位隊員措手不及，在一團混亂之中絆倒，口鼻、脖頸立刻咬上了兩張嘴，血腥味逸散開來。所有隊員都趕來了，我們以棍棒猛砸，卻很難不傷到絞纏在一起的隊員。天色就在這一刻完全暗了下來，就像戰爭期間每一個限電的夜晚，就像戰爭還沒有結束。那麼多的牙齒，那麼多的肢體，這讓我們站立的優勢顯得不太夠用。釋迦牟尼佛端坐在上，看我們以棍尾敲擊村民的頭部，逼迫他們鬆口；看我們以棍身砸擊村民的關節，看我們以棍頭戳刺村民的胸腹……

然後，遠方傳來了槍聲。

軍靴的聲音。

槍械跟戰術背心摩擦的聲音。

刻意壓低的口令聲。

能聽見，遠方就不算太遠。

月光終於打進光明寺，照亮了殿內橫陳的身體。這時候，沉默已久，猶如佛像般超然在一切之外的祖母開口了，用一種幾乎已被遺忘的溫柔，說：

「很久很久以前，我就見過你們了。」

我們的備忘錄必須在此終結了，雖然歷史仍然在無止境地延長著。我們已經沒有時間了。沒有時間追溯陳氏祖母為何年輕時差一點就成了烈士，沒有時間證明所有情報的真偽：東方明珠塔到底是誰炸毀的，四維事件真的發生過嗎，阿明聽到的星星，是否跟阿明畫下的導彈一樣確實？張松炎和黃正民犧牲之前，是不是都抱著無悔的幸福？「濁水級」真的詐死嗎？或者，我們從未親眼見到的登陸戰，到底有沒有真正開始過？這些，都留給有時間的人去填補吧。「台解」的隊員已經全部出動，在這荒遠的山區裡打起了最後的游擊戰。而我，終於可以卸下「我們」這個對於現在的我來說，已經有點太過沉重的主詞。我是我。我是那沒有分配到槍枝，卻分配到紙筆的人。我是那沒有分配到名字，卻分配到記憶的人。現在，我也將打完自己的最後一發彈藥。

土地痙攣。河水逆脈。祖國啊祖國，你是我們陣痛而還沒產下的那段歷史。

周睿明（b. 2038）

長針落地001

2047

蠟筆、圖畫紙

26×38 cm

圖版修復：柳廣成

何日君再來

列兵　王偉
列兵　張磊
列兵　李子軒
列兵　張浩然
上等兵　秦瑞
……

趙仲全醒來的時候，平板電腦發出的女聲仍然潺潺播報著。那是很甜很糯，像包餡湯糰一樣的聲音。美中不足的是，這份音檔的錄製品質似乎不太好，每隔幾秒，總是會冒出一點粗糙的電磁雜訊。

然而趙仲全並不挑剔。自從他到台灣以來，就有了嚴重的失眠。一開始，他以為是因為戰場的壓力導致的。但戰爭結束兩年多，失眠的症狀還是毫無改善，就算吞下有害程度的安眠藥，都只能薄薄地假寐一兩個小時。只有一個辦法可以讓他睡得沉一些、久一些，那就是每晚睡前服藥之後，播放「彼岸花」的音檔。聽著音質並不良好的女聲，甜糯地朗誦出那些遙遠的軍階與姓名，他竟能沉沉入眠。

他按熄床頭的平板電腦，同時瞥見了螢幕上「領藥」的提醒訊息。時間還早，距離上工還有一段。他換上藍靛色系的保安制服，不，該說是保全制服。這些小小的用語可不能在住戶面前說漏嘴。他在腰間扣好自己使用多年的槍套，並且插了一把手槍，帶上四匣橡膠子彈——根據戰後台灣當局制定的法律，擁有執照的民間保全人員，是允許使用小口徑的民用版槍枝的，只是必須先以橡膠子彈進行嚇阻，無效之後，才能改換有殺傷力的子彈。但是，這法條只適用於台灣出身的保全；像趙仲全這樣身分的人，只允許配備嚇阻用的橡膠子彈。而大部分台灣人還是不習慣看到街面上有槍，趙仲全也自知必須低調。因此，他套上了一件稍嫌寬大的夾克，把整組槍套收攏在裡面。

走過兩個街口，就到了每週固定拿藥的診所。趙仲全掏出身分證，上頭的晶片儲存了所有健保資訊。櫃檯的護理師漫不經心，過卡後才皺起眉頭，打量了趙仲全一眼。真倒楣，趙仲全從她眼裡讀出了這個意思，同時自己心裡也這樣想：這是新來的，又要忍受一陣子大驚小怪了。幸好，趙仲全的狀況十分穩定，醫師除了開藥以外也束手無策，直接給了他連續領藥的處方箋。不然的話，醫師那種職業性的關懷更讓人煩躁，婆婆媽媽的，搞得好像他是什麼需要特別關照的稀有動物一樣。

是，他的身分是稀有。戰爭結束以後，島上被俘虜的解放軍有三萬多人，大多數人都被遣返回國。但在在野黨立委的強力奔走之下，台灣當局還是開放了兩千多個名額，允許少數「戰俘同胞」「投奔自由」。趙仲全自小就沒了父母，二十歲從軍以前都在不同的遠親家裡流浪，在戰俘營裡左思右想，實在也想不出什麼回去的理由，心一橫索性就遞出了申請。或許是他在戰俘營裡近乎癡呆地不惹麻煩，也或許是他空降兵的特種身分稍微佔了點便宜，他申請上了，並且在戰後領到一筆就業輔導金後「退伍」。

就那麼五萬多塊錢，竟也讓他這樣的「新國民」成為眾人嫉視的靶子。

如果不說話，趙仲全有把握自己在人群裡一點都不起眼。就是開口，漫漫失眠長夜裡琢磨的幾句台語，也足夠糊弄幾分鐘，腔調應該也還行。壞就壞在那張身分證，它的功能太強大了——看病，搭車，在餐館或便利店付帳，路上被警察盤查，一掃下去，「新國民」的註記就一覽無遺。

據說，那是在野黨爭取「新國民」入籍的法案時，拗不過執政黨的堅持，才留下的一條尾巴。某些立委大聲疾呼：「民主社會多元寬容，但也要給艱苦撐過來的國民多一份安全感。」趙仲全實在不懂，如果不甘不願，又何必開放「新國民」的名額？既然開放了，又何必多此一舉？他閒暇時在網路上找了許多擬定法案當時的政論節目來看，他們都說，這叫妥協，妥協才是民主。是嗎？他想破頭了也想不出個道理，但作為初初定居下來的「新國民」，還真有幾分膽怯，像是你投宿朋友家，夫妻倆為了你該睡哪個房間吵翻了天；這時候，你好像沒什麼立場說話。

趙仲全領了藥、買了早餐，準時跟大夜班的保全交接。小李——話還沒出口，他猛然止住，啊台灣人不作興這樣「小」來「小」去的，即使對方確實比他小幾歲。這麼一遲疑，兩人除了道聲「早」，交接訪客登記簿以外，也就沒什麼話能講了。小李和他一樣都是退伍軍人，只是他在解放軍、而小李在「台軍」的城鎮守備隊服役；他沒受什麼無法痊癒的大傷、而小李被砲彈破片弄瘸了左腳。戰後的台灣失業率飆升，他們這些退伍軍人倒是過得還可以：領一筆錢遣散，然後到各大住宅區去當持槍保全。

聽說在戰爭期間，有超過三十萬條槍流入了黑市。

聽他們說，以前黑社會火併也有槍，但火力跟現在根本不能比。自動步槍已經是基本，每隔一兩個月，還會看到火箭彈上新聞呢。

戰前的台灣本來是禁槍的。也正因如此，才開放了保全配槍的法令。

說起來，老家聽說也變得很亂。無論輸贏，仗打完了都是會亂的吧。

趙仲全窩進保全室，掏出了自己的平板電腦。這是他唯一的娛樂工具，除了房租和生活必需品外，他的那筆「就業輔導金」將近一半都花在它上面了。這台是二手的，性能還比他留在老家的差一點，不過在上面看看劇、看看小說什麼的，已經夠了。除此之外，所有關於「彼岸花」的事情，也都是靠這台平板電腦，在這間保全室裡，一點一點查出來的。

而最讓他感到奇怪的是，所有的報導、影片、訪談甚至是回憶錄，都沒有提到趙仲全參與過的那次獵殺「彼岸花」的行動。

*

「彼岸花」是一個戰爭期間的Podcast節目。

這是台灣人的說法。

趙仲全第一次、以及往後無數次聽到，乃至於染上了必須聽到「彼岸花」的聲音才能入睡的症狀，是從「心戰喊話車」開始的。那是「台軍」裝備的一種蠢玩意兒：他們買了一批民用的小貨車，稍微加一些鋼板，塗上野戰迷彩，並且在車上搭載了大功率的喇叭，就開著四處跑。趙仲全和他的解放軍弟兄早在戰爭爆發前，就從新聞影片裡看過，狠狠嘲笑了一輪。當時誰也不覺得，這蠢玩意兒能夠算得上一種武器。

統一戰爭——現在，世人多稱之為「獨立戰爭」——打響之後，趙仲全所屬的空降部隊立刻全員禁假，並且進行了密集的操演。戰爭前幾週還沒他們的事兒，在導彈、戰機、戰艦軟化台軍的海空力量之後，空降部隊才會跟隨登陸船團出發。當海軍陸戰隊跟陸軍搶灘的時候，趙仲全和他那一排弟兄就會被空降到海灘後方的據點，也許是一道橋，一座砲兵陣地，一個車站，總之是一個他們必須迅速搶佔的目標，以切斷台軍的後續增援。

他們每個人都寫好了遺書，一旦陣亡就會連同安家費一起寄發給家人。趙仲全後來甚至忘了自己指定的「家人」究竟是嬸嬸呢？還是舅舅呢？出發前他只覺得前路茫茫，受了那麼多年訓練，聽了那麼多年「武統」，卻是第一次要成真了。那些訓練能夠保命，保證他們打勝仗嗎？他排裡每個弟兄眼裡都有一樣的惶惑，身為排長的自己卻是唯一不能表露出來的。誰知道呢，事到臨頭，連你用到的那兩副降落傘能不能順利打開，都沒人能保證的。

沒想到，整場登陸戰出乎意料地順利。趙仲全那一排參加了台中方面的作戰。天氣良好，防空火力薄弱，除了一人失蹤、一人落地時骨折，整個排幾乎完好抵達指定目標，連槍彈都沒怎麼短少。他們奪取了一座小山丘，在那裡建立防線，直到陸軍大部隊前來接手為止。不只是他們順利，台中、高雄兩地的登陸戰都順風順水。預期的慘烈搶灘沒有發生，「台軍」就如同傳聞一般脆弱鬆散，沿海守軍甚至來不及組織起來，就一路退守到台61線。在獲得最初的灘頭陣地之後，指揮官也不冒進，命令各處部隊鞏固陣地，修復台中港的設施機具，準備迎接下一波船團載來的重武器。

就在這個時候，趙仲全第一次聽到了「心戰喊話」。

「貴軍補給已遭切斷。我政府寬大為懷。放下武器投降。一切既往不咎。解除武裝。以綠布為記。即可獲得我軍收容……」

「補給切斷哪，各位弟兄，我們的補給被切斷啦。」

站在視野不錯的小丘上，趙仲全指了指在晨曦中忙碌運作、插上紅旗的台中港。

隨後，他們一起大笑了起來。

這樣的心戰喊話，每個小時就播送一輪。許多聲音，很明顯是從台61線的方向傳過來的，但解放軍部隊一點也不急著去摧毀它們。一來台61一線是一條南北向、路基突出地面，形式上近於一座「濱海長城」的公路，解放軍早知道那是「台軍」構築多年的重要防線，在重武器部署足夠之前不能硬攻；二來是，這樣的心戰喊話連「台軍」自己都不信，又何必勞師動眾去拔掉？

「他們不如放點噪音，還讓人心煩些。」

「像這樣吧！」

一名士兵抓起路邊的泡沫塑料，看起來是漁民拿來裝漁獲的，又腥又髒的盒子。士兵用力擠壓，泡沫塑料發出嘎吱尖澀的聲音。

「我肏你媽個B。」趙仲全笑著踹了該員一屁股。

跟登陸戰之順利同樣出乎意料的，是後來的局勢發展。

增援的兵力、彈藥和重武器陸續上岸之後，解放軍發起了全線的猛攻。這時候，「台軍」竟有回魂之勢，依托著台61線與解放軍駁火。駐紮在台中東側，靠近中央山脈淺山地區的「台軍」砲兵團佔據了地利，對著台中海濱無險可守的解放軍猛烈轟炸。即便解放軍屢屢空襲，也難以消滅這些不斷轉移陣地的砲兵。更令人頭疼的是，台中海灘的野戰空間狹小，陸軍一旦往前推進，就很容易陷入城鎮戰的泥淖之中。「台軍」戰力較強的機步旅、特戰部隊分散成小股，仗著熟悉地形的優勢，四處穿插分割；而當解放軍集中火力，有時卻只是打擊到戰力較弱的城鎮守備隊，浪費了兵力與彈藥。

不過，即使有種種不利，解放軍還是以優勢火力和局部空優逐步打開了局面。在幾週的作戰後，台61線已經被打穿了幾處，部分解放軍甚至能快速機動，反包圍來不及撤出防線的「台軍」。

歷經惡戰，趙仲全那一排也終於隨著陸軍，推進到了空降部隊最該去的地方——他們佔領了清泉崗機場。

差不多也就在這個時期，心戰喊話的內容有了變化。前面那些廢話還是相同的，但換上了一個甜而糯、聽來猶如包餡湯糰一樣的女聲。就算是在承平日子，年輕氣盛的士兵們，也很難不被如此柔膩的台灣腔搔得蠢蠢欲動，更何況是在連日的死戰之後。恍惚裡，趙仲全竟然覺得這聲音很像他偷偷翻過網路長城，在境外網站裡聽過的台灣老歌。年輕士兵們大概都沒聽過那些歌了。二〇三〇年代之後，大陸出台了「文化長城」政策，嚴格禁止歐美、日韓和台灣文娛產品輸入，久而久之，年輕人也不覺得台灣那些東西有什麼好看的了。但是，趙仲全這一輩中年人，對於這樣的台灣腔還是有點熟悉，甚至有點懷念的。

但對年輕的解放軍士兵來說，這樣的聲調是頗新鮮刺激的。他們開始就著這道女聲，交換一些不堪的表情與笑話。然而，過沒多久，他們便發現這次心戰喊話有了新的內容。女聲不緊不慢地播報起一連串的軍階和姓名：

列兵　楊濤

列兵　任偉

列兵　李兵

列兵　陳孝東

列兵　陳長青

……

士兵們慢慢懂了，表情從原先的嗤笑戲謔，逐漸轉為困惑，然後是憤怒。那些軍銜，顯然不是台軍的；姓名當中，也是單名為多，顯然不是台灣人慣用的三字姓名。「彼岸花」的少女語調起初還會保持平穩，但隨著名單越唸越長，她的聲音會逐漸顫抖，甚至隱隱然有嗚咽之感，夾藏在刻意壓抑的語調之下。這樣的壓抑，聽來更是有令人疼惜、心碎的效果，即便是後來已經聽過千萬遍的趙仲全，每次播放也難免有幾秒的神思迷茫。

「彼岸花」唸出來的，是近日的解放軍陣亡清單。

在讀完整份名單之後，「彼岸花」便會以不勝悲傷、幾乎要落淚的語氣作結：

「各位弟兄晚安，希望你們一夜安好。」

各部隊的指導員反應很快，馬上統一口徑，傳下了「該名單純屬台軍捏造」的通令。不用指導員說，憤怒的士兵們也是這樣想的：這種雞鳥肚腸的手段實在太陰險，隨便唸幾個名字，誰知道是不是「台軍」自己掰出來的？這麼一轉念，大夥兒也就把「彼岸花」當作是「台軍」送上門來的搖籃曲了。打完那一天的仗，睡前有個腔調柔軟的女聲聽聽，也是挺舒服的。那幾乎就像是一種獎勵，獎勵你活著撐過那一天的戰鬥。

戰局進入僵持階段。就在「台軍」棄守台61線，被迫退守台中市區之際，他們便同時炸斷了往北部跨越大甲溪、南部跨越烏溪的橋樑，阻斷往南、往北的進擊路線，試圖將解放軍阻擋在梧棲、清水、龍井一帶。解放軍的補給也漸漸開始不順暢了。雖然登陸之前，「台軍」的海空力量都已遭到沉重打擊，但陸基的反艦飛彈、四處遊走的火箭發射車，還是一點一點削弱了解放軍的運輸能量。每一艘運輸艦被擊沉或擊傷，都是非常糟糕的事情，不只那一船的人和物資報銷，更是會硬生生中斷後續本來安排好的數十趟運補計畫。當然，船總是有的，但不管是商船或漁船都太脆弱，「台軍」甚至不必動用反艦飛彈，只要一座沒被清乾淨的濱海機槍陣地，就能造成非常嚴重的傷亡……

僵持一陣子，就連趙仲全的部隊也開始捉襟見肘了。食物少一點可以忍餓，藥品少一點可以忍痛，但子彈少一匣就是少一匣，通通打完之後，步槍也不過就是一條黑漆漆的鐵塊。幸好，解放軍這幾年已經漸漸換裝了新式步槍，勉強可以和「台軍」的子彈通用，雖然效能差了點，據說會磨傷槍管，但前線火併之際，也就顧不了那麼多了。

空降兵落地之後，趙仲全這一排就和普通步兵一起行動，反覆爭奪火線上的據點。往往是解放軍重武器一陣轟炸，步兵衝鋒上去，就能吃一個碉堡或陣地下來。但當解放軍的砲兵被抽調去支援他處時，又輪到「台軍」傾瀉火力，吃下去的又得吐回去。每個據點就這樣數度易手，除了雙方戰鬥減員上升以外，沒有任何改變。缺乏彈藥補給的解放軍於是在每次奪下據點時，必全力搜刮「台軍」遺留的物資。那些成箱成箱的彈藥不必說，就是敵我陣亡士兵身上的每一個彈匣，也都是不能放過的。就算之後被逼退，也要帶一批槍彈走，否則就連這最後的憑依都沒有了。

然而，若有選擇，趙仲全是盡量不用「台軍」彈匣的。不知道是不是疏於軍備之故，「台軍」彈匣的質量極差，卡彈故障不說，膛炸的事故時有所聞。但上頭配發的彈藥還是那麼少，又哪有什麼選擇呢？就在他們進攻清泉崗機場東北角的一處砲兵指揮部時，繳獲了一大批輕重武器和子彈。趙仲全不放心混用解放軍槍枝與「台軍」彈匣，於是下令排上弟兄一人抄走一條「台軍」的槍，至少槍彈匹配程度不會有問題。

幾個小時後，「台軍」組織了一波反攻。趙仲全和弟兄散在工事裡面還擊，一邊聽著迫擊砲越打越近的聲響。就在趙仲全判斷敵軍火力太強，差不多要後撤轉移的時候，剛好看見排上的士官孫軍探頭出去射擊。他拿的是剛剛繳獲的FAL自動步槍，打掉一個彈匣後，又裝上了新繳獲的子彈，不料才扣下扳機就膛炸了。孫軍那對總是瞇得很邪氣、配上嘴裡不乾不淨諢話的三角眼，就這麼被炸糊了一隻。而他握住護木的左手，更是手指全部稀爛。孫軍開口好像想說點什麼，但在膛炸的震盪之下，卻只是迷迷茫茫地摔出了掩體。隨後一陣機槍掃射，趙仲全就再也沒看過孫軍了。

那一晚，趙仲全那一排只有不到二十人活下來。

睡前，他們又都聽見了「彼岸花」的廣播。

列兵　丁富

上等兵　孔石

上等兵　孫健

上等兵　李開雲

下士　孫軍

……

那是他們第一次聽到「彼岸花」讀出了認識的弟兄，他們無法抑止地想起那雙瞇得很邪氣的三角眼。

那也是他們第一次真真切切地感受到，自己的名字，有一天也會從那甜糯的嘴唇裡放送出來。

*

一直要到戰爭結束，趙仲全成為「新國民」之後，他才陸續讀到那使弟兄們陷入噩夢的「彼岸花」是什麼來歷。

在台灣媒體盤點「影響戰局的十大人物」時，「彼岸花」永遠在榜上。沒有人知道她的名字，官方始終以保護國防機密為由，拒絕證實坊間一切流傳的說法。沒有照片，沒有影片，沒有學經歷，也沒有任何Podcast和YouTube以外的網路足跡……由於實在保密得太嚴，甚至有不少人相信「彼岸花」這個人根本不存在，只是一套語音軟體而已。

但一般公認的說法，是認為「彼岸花」跟另一叫作「曼珠沙華」的YouTuber是同一人。「曼珠沙華」跟「彼岸花」本來就是同一種花的兩個名字，在台灣境內，最盛產這種花的地方就是馬祖，當地人樸素地稱之為「紅花石蒜」。而馬祖，正是整場

「獨立戰爭」裡，第一個被解放軍登陸的地方。「曼珠沙華」這個頻道並不活躍，最初只是拍一些馬祖的岩石、海浪或飛鳥，沒有什麼追蹤者。就在解放軍搶攻馬祖的那天晚上，「曼珠沙華」上傳了一支影片——

畫面是搖晃粗糙的手機畫質。一開始一片漆黑，只有清楚的海浪聲，與不太清楚的低鳴聲。拍攝者似乎站在一塊突出的岬角，底下就是幾十公尺高的絕壁，而往左邊望去，可以看到低處有一座淺淺的海灣，延伸至盡處又有一塊高而突出的岬角，形成一個U字型。漸漸的，畫面慢慢擾攘起來，海灣望出去的暗夜水色裡，似乎有什麼正在鑽動。是馬達聲。拍攝者沒有發出聲音，但可以感覺她的困惑與緊張。

忽然一顆照明彈打向水際。土黃色的光灑滿了整座灘岸，一半還照亮了海面。海面上的幾艘突擊艇瞬間現形。幾乎同一時間，一排曳光彈已從岸上一路襲向海面，沒幾秒便打翻了一艘突擊艇。艇上的人員也立刻開火反擊，一場小型的搶灘遭遇戰展開。

這支拍下了「台海戰爭第一戰」的影片，在全世界網友的點擊之下，獲得了兩億以上的瀏覽次數。雖然馬祖幾天之後就被解放軍拿下，但它所拍下的第一場遭遇戰，卻意外記錄了守軍的初次勝利，這使得台灣當局獲得了一個鮮明的素材，能不斷吹噓「國軍的抵抗意志」。而對趙仲全這樣好奇「彼岸花」身世的人來說，更重要的是，拍攝者在驚訝之下連續說了好幾次：「咦？這是演習嗎？今天有演習嗎？」

這道女聲，便是「彼岸花」身世的唯一線索。不必經過網路上那些繁複的聲紋比對，趙仲全也絕對不會聽錯：那就是「彼岸花」的聲音。所以，趙仲全相信「曼珠沙華」頻道主後來被「台軍」心戰大隊吸收，轉而主持「彼岸花」Podcast的說法。根據網友與記者的協力追索，「彼岸花」很可能是一名出身於馬祖的中學女生，因為無意間上傳的影片大紅之後，被梅若瑜上尉和鍾伯光少尉挖掘，三人一起企畫、製作了後來的「彼岸花」。「彼岸花」的命名不但呼應了少女的馬祖出身，更是刻意勾引聽眾對死亡的想像。他們模仿越戰當中「河內漢娜」的模式，讓少女以甜美的聲音朗讀每日匯報的解放軍陣亡名單，對內是誇耀戰功，鼓舞台灣軍民士氣；對外自然是塗抹了蜜毒的刀刃，以心戰摧折解放軍的意志。

坊間繪聲繪影，流傳種種不知如何證實，也不知如何否定的說法。比如說梅若瑜上尉和鍾伯光少尉原是一對才華出眾的軍人夫妻，開戰之時兩人恰巧在馬祖出差，才促成此事，將少女及其家人帶回台北。不料馬祖淪陷之後，少女思鄉而情感脆弱，對鍾伯光少尉的依戀與日俱增，導致梅、鍾二人夫妻失和。也有人認為，其實根本沒有什麼梅鍾夫妻，「彼岸花」純粹是美國人主導，才會運用這套他們曾經吃過大虧的北越心戰手法。馬祖少女云云通通都是煙霧彈，實際上的錄音地點、人選，全是內湖的AIT一手安排。

無論如何，有兩件事是確定的：一是「彼岸花」計畫收效宏大。誰也沒想過一個對的節目企畫加上大量遊走的心戰喊話車，竟能將解放軍的心理摧毀到這樣的地步。二是在戰爭結束之後，「彼岸花」節目立刻中止，官方的Podcast帳號全部刪除，此後再也沒有任何關於那名少女的消息，也再沒有人聽過那道女聲了。趙仲全不知道自己是不是唯一一個必須聽她的聲音才能入眠的人，但如果還有，他們也只能跟趙仲全一樣，在網路上四處蒐集殘留的備份音檔了。

而關於「彼岸花」的下落，趙仲全有一套自己的理論。無論如何，他無法相信這樣的女聲不存在，更不願相信這整個企畫都是美國人的虛構。這些七嘴八舌的台灣網友，沒有一個人能夠體會，他們這些「新國民」在壕溝、在破屋、在砲陣地裡，每一次聽到「彼岸花」的聲音時，是什麼感覺。你說是害怕嗎？當然害怕，害怕聽到熟悉的名字，害怕今天的名單比昨天更漫長。但是，害怕之外也有別的：懷念，眷戀，撫慰，柔情，陪伴……什麼都是，也什麼都不是。如果某一天「彼岸花」的廣播太短了，士兵們還會覺得悵然若失。這怎麼可能是假的呢？他們能分辨「彼岸花」的每一絲輕微的抖音，分辨她今天是略受風寒，還是心情特別愉悅。他們就像寵愛一名遠方的女孩那樣，希望她每一天的聲音都是愉悅的，他們願意自己的名字被這樣的聲音唸出來。

台灣人永遠不會懂的。不只是因為那時他們分屬兩邊，更是因為他們不曾體會作為進攻者的孤寂和虛無。為什麼要來到這裡，打這一場仗？一輩子政治教育，此刻早已煙消雲散。除了「彼岸花」的聲音以外，還有什麼能給予他們隔天再站起身的力量？「台軍」最令人羨慕的，就是可以毫不猶豫地，站在守衛家園的信念上。他們從來不曾離家萬里，他們的意志可以純粹，而無需在心戰廣播裡，一邊蜷縮在戰壕中流淚，一邊自覺醜陋地手淫。

這樣說起來，趙仲全或許早在戰爭中後期，就已經有了失眠的癥狀，只是因為每日都能聽到廣播，所以沒有發現。

趙仲全相信，「彼岸花」如果還活著，那應該會在桃園。

桃園是最多馬祖人聚居的本島城市。為國家立下大功，並且需要機密保護的「彼岸花」，一定不可能再回到局勢詭譎不穩的馬祖。既然如此，西部大城市並且又能夠融入人群於無形的首選，就是桃園了。這也是為什麼，趙仲全獲得「新國民」身分後不作他想，堅持只在桃園找工作。

不，他並不一定期待見到「彼岸花」，他只是想要靠近某種可能性一點點。

就一點點。

因為，他可能是世界上，少數見證了「彼岸花」最後下落的人。

*

不管戰機的科技已經更新了多少代，運輸機看起來都跟一百年前沒什麼差別，永遠是一副笨重大鳥的姿態。

趙仲全看著一台運輸機斜斜掠過遠方的天空，一路拖曳而下的，是一個一個空投箱。那裡面，裝著他們最需要的子彈、藥品和食物。他們本該歡呼，但此刻卻沒有心情發出任何聲音了。這不是第一次，空投的物資掉進了「台軍」的勢力範圍。

那裡半小時前，還是解放軍的陣地沒錯。

現在，連繃帶都要從陣亡的士兵身上拆下來重複使用了。

「台軍」破壞了附近的淡水管路，因此這些繃帶也沒辦法洗得很乾淨。

再這樣下去，他們都要去喝海水了。

大鳥歪身離開。趙仲全剩下最後三個彈匣。

黃昏下降，星月升起。不用看他們也知道，附近的心戰喊話車又要就位了。

要找到這些車子的位置並不難。為了加強播送效果，「台軍」往往會選擇幾個地勢較高的陣地，從不同角度把音波打出來。只要稍微比對地圖，很快就能篩出可能的地點。在「彼岸花」明顯動搖了軍心之後，解放軍針對這些心戰喊話車組織了幾波攻勢。一開始，他們擔心用步兵搶奪這些陣地，會陷入對方的埋伏，於是以砲兵轟炸。最初的一波攻擊確實擊毀了半數的車子。但明天的同一時間，新的心戰喊話車又會重新部署回制高點——那畢竟是非常便宜的東西。糟糕的是，這些心戰喊話車似乎成了某種誘餌，當解放軍為此動用砲兵，「台軍」的砲兵就會透過彈道回推陣地位置，立刻轟炸還擊。一來一往，就算解放軍的砲兵迅速機動迴避，也難免損傷。在補給船團不知何時能抵達的狀況下，每一門火砲的損失，哪怕只是一門迫擊砲，都令人心痛萬分。

而在「彼岸花」每日的喊話攻勢下，也有不少步兵失去理智，違反軍令衝出陣地，試圖在夜間搜索並摧毀這些令人昏昧恐懼的音源。

但這些夜間出擊、深入敵方陣線的小隊，都沒有再回來過了。有些失去理智的步兵，甚至沒有組成小隊。趙仲全就親眼看過一個人，搖搖晃晃從掩體中站起身，喃喃自語：「那是我的名字。」旁邊的弟兄發現不對，拉住了他，卻被他狠狠甩開：「那是我的名字！」話畢，他用步槍頂住下巴，手指一撥，就用全自動模式打完了一副彈匣。破碎的彈片和血肉，淹沒了他最後詭異的笑容。

趙仲全目睹一切。但他甚至分不清楚，自己到底是同情那人多一些，還是惋惜那梭子彈多一些。

等待的時間裡，他只能搖晃自己僅存的彈匣，像是搖晃快被喝完的酒杯。他想，與其這樣一點一點被磨耗殆盡，也許自己也該帶著排上殘餘的弟兄，趁夜撲向其中一個音源，那還乾脆一些。

但他沒有。不是因為他特別能忍耐，而是因為，趙仲全甚至不知道手上這三個彈匣，屆時是不是全部能擊發。他願意死在彈盡援絕的衝鋒裡，而不是死在膛炸裡。

「打掉一千台心戰車，不如消滅發出聲音的那個人。」

這是上頭做成的結論。這結論誰都想得到，問題是要怎麼執行。誰知道「彼岸花」在哪裡？但是，上頭認為他們知道了。根據情報，他們鎖定了台北市的一處大樓，那裡曾是「台軍」十多年前「軍聞社」的舊址，後來轉賣給民間的媒體公司，至今仍有完整的播送能力。解放軍的特工發現，在「彼岸花」節目開始的這段期間，這棟大樓就不斷有軍職人員密集出入——這是好消息，也是壞消息：好消息是，增加了情報的可信度；壞消息是，這些軍職人員似乎都直接前往地下室的錄音室，這意味著用導彈「斬首」的難度大大增加。就算夷平了地面上的建築，也難以確保地下室的目標真的被消滅。

於是，上頭想到了傘兵。

本來在台北市這樣高樓林立之處，是沒辦法投放傘兵的。電線、屋頂、各種人造結構，都可以輕易纏住傘兵，成為沒有抵抗能力的活靶。但是這棟大樓不同，他的對面就是由「中正紀念堂」改造而成的超大型公園，佔地十分遼闊。傘兵可以空降在公園裡，再與地面的特工會合，集結突擊該棟大樓。

趙仲全就這樣和其他單位抽調出來的傘兵，組成了獵殺「彼岸花」的特遣隊。這支隊伍由直升機陸續載離戰區，並且搭上停泊在外海的航空母艦。這是好一陣子以來，趙仲全難得吃飽、喝飽、彈匣裝滿的一天。休息數小時之後，解放軍對台北發動了一波空襲與電子壓制作戰，一方面減低防空火力的反擊能力，一方面吸引「台軍」的注意力。而趙仲全所屬的特遣隊，就趁著一片混亂的夜色，跳進了密集的台北市區。

一切如計畫般順利。他們猛然向對街開火，大樓前兩名站哨的衛兵瞬間倒地。倒數計時開始了。他們只有突擊的計畫，但沒有撤退的計畫，因為這一開始就是沒有退路的任務。在這重圍處處的台北城裡，隨時都會有大批的軍警集結過來。他們不浪費時間，立刻突入大樓。趙仲全不是不知道這任務比九死一生還要離譜，但除此之外，似乎也想不到別的方法來除掉「彼岸花」了。而在趙仲全心裡，還有一個更隱密難言的念頭——至少這個任務，能讓他有機會看到「彼岸花」一眼，即便是透過瞄準鏡的一眼，也已是極為難能的幸運了吧？

這是晚間八點多，由於戰時宵禁的緣故，整棟大樓幾乎都沒有人了。情報也指出，「彼岸花」的團隊會刻意選在此時錄音，錄好直接在十點以前送出檔案，也是為了不要引人注目。「台軍」大概沒想到，在這樣空蕩蕩的大樓錄製節目，反而為特遣隊的突襲行動創造了有利條件。一樓大廳只有一名驚恐的保全人員，還來不及有任何反應，就被特遣隊隊員擊斃。

他們順利找到通往地下室的樓梯，第一名隊員探身向下，槍口才剛轉過半層樓的彎角，立刻中了兩發子彈，癱軟在地。後續隊員連忙拋下一顆震撼彈，讓它沿著樓梯滾進地下室的走廊。在轟鳴聲的掩護裡，特遣隊趕緊搶回了第一名隊員。

醫護兵一翻傷口，搖了搖頭。

只有兩槍，而且是小口徑的子彈。

對方人數不多。

趙仲全念頭到這裡，整棟大樓的電源瞬間被切斷。狀況很清楚了，對方顯然覺得敵我差距過大，需要動用各種手段來拖延。反過來說，特遣隊需要速戰速決。他們以眼神彼此示意後，所有人拉下夜視鏡，以最快的速度衝下樓梯。

眼前的「地下室」，實際上是一條長長的走廊。根據行前的情報，這條走廊的左右兩側各有三間錄音室，右邊最深處的那一間，就是「彼岸花」最常使用的。不過，在趙仲全之前看過的簡報裡，這條走廊是平直整潔的，就是任何一座毫不起眼的大樓裡會有的普通走廊。但此刻在夜視鏡的映照下，走廊上橫七豎八地堆滿了橫放的沙發、桌椅、辦公櫃……

對方從某一塊沙發後方開火。趙仲全感到兩顆子彈掠過身邊的尖嘯聲。

特遣隊成員交替掩護開火。一半的人壓制對方的同時，剩下一半的人就翻過雜物，推進到下一道阻礙物後方。從火力的密度來看，對方很可能只有一個人……雖然他很努力地射擊、移動、變換位置，但這改變不了一次只有一個開火角度的事實。沒多久，特遣隊就已經越過大半條走廊，抵到只有兩套辦公桌之隔的距離了。

「動作快，敵軍圍過來了。」

趙仲全耳機裡，傳來把守大廳的隊員聲音。

終於在一波集火之後，特遣隊以兩人受傷的代價佔領了整條走廊。趙仲全負責檢查那名被擊斃的守軍，習慣性在對方身上找彈匣。不過，只身著軍便服的對方，看起來並不是第一線戰鬥人員，身上還真的只有一把手槍，當然也就沒有步槍可以使用的彈藥。

當他把屍體翻到正面，看了一眼胸口的名牌，再看了一眼被打爛了半張的臉，微微愣了一下。

「㑚，是個女的。」

其他隊員聳聳肩。

很久很久以後，趙仲全才會重新想起此刻看到的「梅若瑜」這個名字。

當下，他們更在意的是最後一間錄音室。錄音室內一片漆黑，但所有人都知道目標就在裡面，否則這個女兵根本不需要死守成這樣。他們試著用簡單的破門工具撞門，門板立刻歪裂，但卻還是卡在原位。

「堵住了。」

要不是用很重的東西卡住門，就是搬了一連串家具，一個頂一個地抵住了對面的牆壁。

這就麻煩了，這時候破門會變得比破牆還困難。問題是他們空降而來，根本不可能攜帶足以破牆的重裝備。

「敵軍已經封鎖附近街口了。」耳機裡的隊員說。

一名隊員舉起輕機槍，猛然對著門牆的縫隙轟擊了一陣。

這沒有什麼意義，只是多打下幾塊水泥碎片而已。然而所有人都聽到了，在這陣槍聲之間，錄音室內傳來了驚恐的尖叫聲。

「彼岸花」確實在裡面。

特遣隊改變計畫。如果沒辦法精準消滅目標，就把目標連同建築物一起毀滅吧。

幾名隊員打開平面圖，找到機房的位置就直奔過去。不一會兒，他們滾著兩大樽油桶回到了地下室。

「與敵軍接觸了！他媽的好了沒！」耳機轟然作響。

趙仲全幫著把柴油翻倒，一股濃濃的油氣味瀰漫了整條走廊。隊員走避上樓，趙仲全殿後，確認所有人都離開之後，向著滿室流淌的油水扔了一枝火柴。

那樣的火勢，是沒有人能夠活下來的吧。

*

有許多謎題，是戰後才解開的。在戰時，趙仲全和他的弟兄們甚至不知道某些現象本身正是謎題。

「新國民」的生活平淡而孤寂。台灣人常常對「新國民」投以異樣的眼光，但也僅止是眼光。很多時候，趙仲全還寧可他們圍上來把自己打一頓。然而，台灣人老只是那麼不痛不癢地瞅著，什麼也不做，那就加倍地令人無聊煩悶。他常常懷疑，這麼懦弱的民族性，到底是怎麼打贏獨立戰爭的？

於是，他把所有閒暇時間，都拿去查閱關於那場戰爭的一切。歷史、新聞、報導、八卦、軼聞乃至於陰謀論，無所不讀。很多東西，他這樣的老兵讀來是嗤之以鼻的；但也有很多東西，是他這樣一名空降兵不會知道的。比如說，他一直要到戰後才知道，戰爭後期補給越來越困難的原因，是因為沖繩藏匿了「台軍」的兩艘潛水艇，這讓解放軍錯估局勢，以為可以發動大規模登陸戰了。等到四、五萬解放軍上岸後，「台軍」才重新開始騷擾、突襲海軍的運補艦隊。

原來這是為什麼，慘烈的搶灘沒有發生。

他們是刻意被放上岸來餓的。

老紅軍最擅長的「圍點打援」，竟然被台灣當局反過來運用了。沒人能想到，台灣當局竟然忍心以本島為誘餌，引誘更多解放軍掉進陷阱。

「獨立需要時間。因此，我們不能只是擊退共軍，我們是以殲滅共軍兩棲作戰能力，讓他們數十年無法再來進犯為戰略目標。」卸任的參謀總長鍾邵逸這麼說：「如此，我們就能在中共重建軍力的空窗期，確立既成的獨立事實。」

趙仲全窩在保全室裡讀到的，也不全都是那麼大格局大規模的東西。

比如他就在一份八卦頻道上，看到一支訪問聯勤兵工廠退休工人的短片。那位退休工人說，他在聯勤兵工廠任職期間，是負責做劣質彈藥的。所謂劣質彈藥，是收集無法通過品管的彈殼，在裡面填入不正確的藥量，以使步槍故障膛炸為目標的產品。需求量高的時候，他們甚至會拿到做工良好的彈殼，然後以小工具刻意破壞。

據說，「台軍」判斷解放軍彈藥不足之後，一定會在戰場上搜刮可用的彈匣。因此，他們在某些彈藥箱裡，混入四分之一左右的劣質彈匣。這些彈匣刻有特殊格式的批號，是各單位軍需官能夠辨認出來的。如此一來，「台軍」士兵只要確認批號，就知道這副彈匣能不能用。主導這個計畫的將領認為，這樣可以增加解放軍的心理壓力——畢竟連手上的武器都不能信任了，仗還怎麼打？

但這個說法，被國防部發言人駁斥了。

國防部表示，獨立戰爭的勝利是全體軍民艱苦奮戰的結果，無需穿鑿附會，做出各種譁眾取寵的臆測。

趙仲全腦中閃過了孫軍瞇起來的三角眼。

而有些謎題，趙仲全始終得不到解答。

比如說，為什麼沒有任何一則記事，提及他參與的那次獵殺行動。他們當時到底有沒有成功消滅「目標」？那個「目標」，到底是不是「彼岸花」？他確定那棟大樓陷入火海，也正是因為這樣，整支特遣隊無法憑依建築物死守，只能向外衝鋒，在街頭的槍戰中陣亡大半。少數活下來的，像他這樣的人，就通通進了戰俘營。

他查閱了戰時的所有新聞，提到那棟建築物的報導，只有一則：某年某月某日，由於共軍猛烈轟炸，多處樓房起火燃燒，受害樓房清單如下……

現在，那個地方已絲毫看不出火警的痕跡，被改建為一幢小巧精美的飯店。

而趙仲全已經是「新國民」了，是一名安分上下班的保全。

早班時間即將結束，負責晚班的阿榮前來交接。是了，他想起來了，台灣人不習慣「小」來「小」去，倒是很喜歡用「阿」來暱稱。

一放鬆下來，竟然就有點嘴饞。趙仲全想到，之前曾在某條街上瞥見一家賣重慶小麵的館子。慢慢走，也許半個多小時就到。他不期待能吃到道地的家鄉味，不過念頭既然起來了，就不能不去解一解癮頭。

冬天暗得快，再加上趙仲全一路閒蕩，還沒走到目的地，路燈就已經陸續點亮了。

忽然，趙仲全聽到一聲槍響。

他的動作比念頭還快，立刻一貓身縮到了一輛轎車後面。

再探頭出去，就看到一名男子手持步槍，槍口朝上，做出威嚇的姿勢。而他的前面幾步，是一名被推倒在地的女子。男子一手拽著女子的皮包，一手將槍口掉轉過來。女子看起來嚇壞了，也不記得要呼救，只是死命抱著半截皮包，面容驚恐。

據說在戰前，台灣幾乎已經沒有這樣當街搶劫的事情了。

趙仲全從槍套上拔出手槍，開保險。

「想吃子彈？老子成全……」

趙仲全連扣兩下扳機，輕而穩。槍響過後，搶匪被一股大力撞倒，在地上蜷縮成一團。趙仲全確認左右沒有其他威脅，立刻換掉槍裡的彈匣，這才向前邁步。

搶匪痛得呲牙裂嘴，眼看趙仲全接近，掙扎身子要去撿槍。

「我勸你不要動。」趙仲全瞄住對方的胸口：「這一顆彈匣不一樣。」

搶匪瞪了他一眼。在那一瞬間，趙仲全幾乎以為自己的口音出錯了。如果搶匪聽出什麼端倪，就會知道他根本只有一種彈匣。

幸好搶匪沒有其他動作。警察很快來到，趙仲全今晚的重慶小麵自然是泡湯了。他將身分證交給警察，一過卡，就能證明他是有持槍執照的保全，更何況剛才的那兩槍頂多是讓搶匪身上瘀青幾塊，連皮都不會擦破一點，不會有什麼麻煩的。但既然要過卡，「新國民」的註記就一定會被看到。持卡的警察果然皺了皺眉頭，附耳向搭檔交代了兩句之後，才把卡片還給他。

「沒問題了，但還是要麻煩您跟我們做一次筆錄。」

搶匪被上銬押入一台車，趙仲全則和被搶的女子乘另一台。到了警局，他們被引到一處沙發等待，空氣裡混合著香菸和茶葉的氣味。全程緊繃、不發一語的女子，似乎到這時候才比較凝定了心神，對趙仲全說：

「謝謝您……剛剛。」

趙仲全腦中轟然一響。他暗暗深呼吸，確定自己的神情沒有異樣之後，才轉向女子，緩緩說：「別客氣，這是應該的。」

眼前的女子大約二十五、六歲年紀，是有些休閒的年輕女性打扮。從眉眼到體態，趙仲全都確定自己並不認識她。然而她的聲音，雖然只有短短幾個字，卻那麼精準地敲進趙仲全耳裡最脆弱的那根弦。他想多聽一些，不管是為了確認，還是為了其他什麼原因。於是，趁著警察還沒搭理他們，趙仲全與女子攀談了起來。

女子姓許，是一家影音工作室的配音員。這也是為什麼，當趙仲全意有所指地說「妳的聲音聽起來很耳熟」的時候，女子微笑得毫無芥蒂：八成是在哪支廣告或哪部影集裡面聽過的吧？兩人很快就聊開了，看來之前的沉默，純粹只是驚魂甫定的緣故。許小姐不斷向他道謝，她說，因為經濟不景氣，並不是常常有配音的案子可以接。他們這種自由工作者是沒有底薪的，工作一次才領一次現金。如果今天的皮包被搶走了，這個月的房租就不知道要怎麼辦了。

趙仲全浸泡在一種詭異的幸福感裡。可以說很像是愛情，卻又分明不止於愛情。他貪婪地吸取每一個音，專心到反而很難專心去聽她到底說了些什麼。

警察終於回頭，向許小姐要了身分證。就在那幾分之一秒的一瞥裡，趙仲全隱約看到了她身分證字號第一碼，是H。意思是，許小姐是土生土長的桃園人，並不是在馬祖出生的Z。

這是真的嗎……？

不可抑止地，趙仲全腦中浮現了讀過的種種陰謀論。

如果是當局全力保護的對象，為她創造一個新身分，也是輕而易舉的吧。

但是，如果她就是當時在錄音室裡的人，又不可能絲毫沒有留下被火燒傷的痕跡……

一直到兩人筆錄停當之際，趙仲全混亂的腦袋還是想不出任何合理的解釋。也許是太在意了，才會誤認兩名只是聲線很像的女子吧？他這麼告訴自己，並且決定禮貌地道別，不再追索這件事。

然而，在他開口之前，許小姐先說話了：

「趙先生，我真的不知道該怎麼感謝你。雖然這樣說有點可笑，但是……如果有什麼我可以幫上忙的地方，請儘管告訴我。」

一道微光在腦裡閃動了一下。

「我想請教，妳知道什麼是『紅花石蒜』嗎？」

「紅花……什麼？」

「紅花石蒜，蒜頭的蒜。」

「很抱歉，我沒有聽過，我跟花啊草的不是很熟，可能幫不上忙……」

「沒事沒事，是我冒昧了。只是最近有年輕的同事很迷這種花，我在想會不會是你們年輕人的流行。」

兩人對彼此尷尬一笑。

「許小姐，如果妳願意的話，我倒是有一個不情之請，是妳一定能駕輕就熟的，」趙仲全心跳陡升，但他仍努力抑制著：「能否幫我錄一個音檔，很短很短的音檔？」

*

下士　汪頻

下士　趙革命

下士　孫軍

中士　顧波

中士　歐陽奇

……

少尉　趙仲全

……

趙仲全入眠的時候，平板電腦的女聲仍潺潺播報著。那是很甜很糯，遠比他的家鄉還要南方才有的聲腔。有點像是他童年時聽過的老歌……他童年就覺得那是老歌，那想必是很老很老的歌了。在無歌之歌的聲線裡，他的名字終於和所有弟兄並列，這讓他在眠夢中稍微能夠忘卻，自己是怎樣輾轉將自己流放到這麼遠的一個島國來的。

這麼多年以來，他第一次聽見了全部的聲音。不只是「彼岸花」，更是在那場戰爭之後，就應當伴隨他一生的：血肉被子彈鑽開的聲音，火藥炸糊了眼睛的聲音，砲彈破片刮過顴骨的聲音，履帶碾碎已不再蹦跳的大腿的聲音，以及，柴油瞬間燃燒起來的聲音……這是他一直沒有辦法讓醫師明白的。失眠不是因為腦袋裡太多嘈雜的聲音，而是因為腦袋裡太多寂靜。

全部都回來了，該遺忘的，不該遺忘的。記憶的補給艦隊終於靠岸，再也不會丟失任何細節。確定這一點之後，趙仲全這才鎖緊眉頭、咬緊牙關，沉進了久違多年的深度睡眠裡。
各位弟兄晚安，希望你們一夜安好。

周睿明（b. 2038）

晚點名023

年份不詳

蠟筆、圖畫紙

23×42 cm

圖版修復：柳廣成

私人美術館的最後一日

在你聽到這份音檔的時候，我所有的收藏品已經付之一炬了。請原諒我沒有事先通知你，我知道你對那批畫作背後的祕密是多麼著迷。然而，我想你也能夠理解——僅僅是理解就夠了，無需「認同」——我為什麼會那麼做。距離我離開泰源已有十多年，我也從當時懵懵懂懂的年輕女子，成為一個身心俱衰的中年人。在這十多年裡，我每日都活在自我煎熬的恐怖之中。我熱愛那批畫作，這是毋庸置疑的；但我也同樣害怕它們，害怕它們象徵的一切過去，以及它將勾引過來的獵人們。獵人將以那些畫為線索，刨開我的腦、我的心，啃食我至今深埋的記憶……

我有時也會埋怨，為什麼是我？我到底做錯了什麼，必須擁有這些經歷，並且牢牢銘記？但想起周睿明和他的畫，我卻又矛盾地感到甘美。小學時，我在台語課裡學會了一個詞，叫作「記持」。我的台語說得不好，卻對這個詞印象深刻，它直接在我心中喚起了「一個人把重要的東西捧在心口」的畫面。然而我哪裡知道，如果那東西滾燙、銳利甚至帶有腐蝕性，「記持」可以是多大的「咒詛」！

現在，我終於找到了安置往昔事物的最佳辦法。在物理存在上，我要它們灰飛煙滅；同時，我也要把它們背後的故事交給另一人，也就是你。請原諒我的自私，也請接受我的餽贈。這些事，包括你在內，是從來沒人聽說過的。然而，我想你是最適合的人了。你曾經告訴過我，你研究過的許多「戰爭記憶」，都是沒有證據支持的，但你並不因此否認它們的真確性。是了，「沒有證據的記憶」：這是最適合如下故事的保存方式了。

*

如你所知，我是在二〇五〇年進入泰源精神療養院的。療養院的前身是泰源藥物勒戒所，專門收治重度毒品成癮者。在全盛時期，泰源藥物勒戒所曾有近三千名病患，是全台灣最大最擠的「毒窟」。為了收容這些病患，它數度擴建房舍，甚至把最老舊的幾座建築拆掉，蓋了一座足足十層的醫療大樓。但我進去的時候，院內的毒品成癮者已經剩下不到二十人了。這得歸功於戰後大量流行的電子娛樂藥物，雖然它也有輕微的成癮性，但在致幻效果上超越傳統毒品，價格卻只有兩成不到，更沒有針頭傳染之類的額外風險。只要擁有一台衛福部認證的注射儀，並且依照身體檢測數據調配劑量，就可以合法使用俗稱「電麻」的藥物。它不但廣受大眾歡迎，也是藥物勒戒的最佳替代——完全根治一種癮頭很難，但讓人換一種東西上癮，相對就容易多了。

因此，在「電麻」導入治療後，還滯留院區內的十多名毒蟲，全是「心因性」的。不管我們劑量開多高，他們總是覺得不夠，腦殼內圈還是發癢。我就親眼看過醫師為他們注射了法規容許值兩倍以上的劑量。結果那些毒蟲只安靜了三個小時，就靦顏想騙每個經過的護理師再給他們一輪，失敗後便用頭殼噹噹噹敲著鐵門。

那時我二十歲。戰爭期間，一陣打歪的飛彈炸毀了我就讀的寄宿高中，從此我便被困在台北，直到戰爭結束。到了戰後，教育部重新舉辦大學學測的時候，我也早忘光課本上的那些廢話。與其再考大學，不如直接工作。於是，我應徵成了泰源的行政助理。這時，泰源已經轉型成收容精神病患的療養院了，只剩下一層樓還繼續關著那些毒蟲。阿嬤非常高興。她一點也不在乎我的月薪只有一萬多塊，做五年也及不上爸爸留下來的戰歿撫卹金。在左鄰右舍甚至連碩士都持續失業的日子裡，這確實值得阿嬤驕傲。

這樣一來，我也不好告訴她，其實我上班第一天就後悔了。當初應徵說是行政助理，負責整理舊檔案、傳送公文。結果進去之後，檔案是有在整理，但大半的時間都被叫去打掃病房，從最重度卡了三層門鎖的，一路掃到放風曬太陽的院落。我之所以會跟那些毒蟲認識，也是因為被派去打掃他們使用「電麻」的治療室——他們叫作「網咖」——的緣故。

即便後悔，我也沒有辭職的本錢。就跟泰源鄉大多數的年輕人一樣，我從戰後以來，就沒有做過一個月的穩定工作。這不是我的問題，我自信忍耐力可是超越常人的。上班第一天，我便面不改色地，穿越兩排重症精神病患的鬼哭神嚎，跟他們伸出來亂抓的手指只有十公分不到的距離。我就這樣拖地兩個小時，沒有遺漏任何一角。重症病房的趙醫師大加讚賞：「歹勢啦！就是看得出來妳個性很穩，所以才沒告訴妳。不想一開始給妳太大壓力嘛！」我謝謝主治醫師的謬讚，推著清潔車退出三重大門之外，聽著它們一一上鎖，深深呼氣，然後告訴自己：想想阿嬤。

*

在那陰鬱的日子裡，唯一讓我能有點期待的，就只有周睿明了。不，別誤會，我並不是要說什麼一見鍾情的故事。那跟戀愛沒有半點關係，即使是現在，我若要全然誠實，也很難百分之百確定我們之間到底發生了什麼事。如果你真見過周睿明，就會知道我在說什麼——他可以非常像一條你無法割捨的毯子，一種你無法不在其中入睡的香氛，一隻失蹤了會撕心裂肺的小狗，一首一定會讓你陷入恍惚的歌……但你總沒辦法說你與毯子或歌曲彼此相愛。你根本不可能知道周睿明是怎麼想的，因為他不說話。他只畫畫。

對，一切就從他的畫開始，那些你在我小小的「私人美術館」裡看過的畫。我曾告訴你，這些畫是我離開泰源時唯一帶走的紀念品，我也告訴過你周睿明這個人，但我並沒有告訴你，為什麼他以及他的畫對我來說那麼重要。今天，至少在今天，我會盡一切努力說出來，不管你聽完這份音檔之後會怎麼看待我，是不是還覺得我的「戰爭記憶」值得研究。這都交給你決定吧，我所要做的，就只是把這一切轉交給你。

回到泰源。當時，我主要負責的是C棟。我拿到一張門禁卡，可以進入所有我負責的區域。從清潔到公文歸檔，只要是無涉醫療行為的，都算我的分內事。C棟一樓是辦公室區，以及那十幾名毒蟲的安置空間。再往上，是症狀輕重不同的精神病患。最高一層的五樓，就是最危險的重症區了。

這一區，就是我不能單靠門禁卡就進去的。只有值班醫師或護理師持有密碼和鑰匙，能夠打開精鋼防護門、滑軌式的鐵門與一層鐵柵欄。進到門內，你會看到三條「爪」字形鋪開的走道，分別以撲克牌的J、Q、K編號，其中只有J走道是女性病患。每條走道的左右兩側，各是一間單人療養房，左側單數、右側雙數，盡頭則是該走道專屬的餐廳，也是交誼區。在就寢時間以外，各房是不鎖的，病人只要表現良好，都可以自由走動，只是不能離開自己所屬的走道。而值班護理師的座位，就剛好位於三條走道交會的頂點上，既控制了背後的三道門，又可以一眼望盡ＪＱＫ三個區域。

是的，我想你發現問題了。還記得你某次來訪時，帶著一份泰源精神療養院的各樓層平面圖，希望我為你指認院內的細節嗎？我當時告訴你，我精神狀況不好，腦袋昏沉，已經記不得那麼細瑣的事了。我說謊。如果你還願意相信的話，實話是：你帶來的平面圖是錯的。我不知道出了什麼問題，但你手上那份經過學者考證、有眾多證言支持的平面圖，並沒有我主要工作的C棟五樓，那個「爪」字型的重症病房彷彿只有我記得一樣。甚至，缺失的還不只這一層樓。

總之，周睿明的病房編號是K－50，也就是說，他被關在C棟最高樓層、最嚴重的病人區當中，最深的一間房間裡。那間房在泰源精神療養院裡非常有名，你只要說「美術館」，大家就知道了。

那裡全是周睿明的畫，很多很多的畫。我第一次去K－50號房，就推著掃具車愣了好半天，全然不知該如何下手。K－50號房所有能夠貼上畫作的牆面，都被層層疊疊、色彩濃烈的蠟筆圖畫佔滿了，像是被暴雨和陽光輪番眷顧的野草一樣。野草當然沒有顧慮界線，所以輕易地蔓長出門，也貼滿了K－50、K－48的外牆，甚至跨到了對面K－49的外牆上。那是用大孩子的筆觸，畫出的一幅幅戰爭圖像。它的線條不能說是幼稚，卻也不算是非常成熟，都是大塊大塊的爆炸、碎片，充滿了比例略微誇張的坦克、火砲、戰艦、戰機，以及火焰中的小小人形。即使是一些稍微比較寧靜的風景畫，描繪了山中小屋、海上小島或蜿蜒小河的畫面，也往往有報廢的武器和殘廢的人體堆聚在某處。

我忍不住停下清潔工作，打量起那些……彷彿有吸力一般的圖畫。最吸引我注意的，是K－50外牆正中央，最大的一幅。這顯然是K－50的珍愛之作。它的紙面上有明顯的摺疊痕跡，有些摺痕都現出毛邊了，可以看出它長時間被人反覆攤開。這幅畫也是戰爭與風景——依著樓房流過的河，河岸旁的上空，一根長針般的飛彈正在下墜，它的四周繪有顯示速度的波紋，少數樓房還亮著燈。這是一個渾然不知戰火將至的夜晚。

這時候我才看見周睿明。他立在畫旁，雙手交握在腰前，頭拘謹地低著，眼神卻熱切注向我，彷彿在說，不錯吧，我也喜歡這幅……。我連忙拋出一個微笑，轉頭就要走。不料周睿明一把抓住了我的手腕，硬生生拉向畫紙。雖然入院以來，我一直表現得很鎮定，但我從來沒有一秒忘記這裡是什麼地方，更何況還是在C棟五樓K區的最深處。我本能地尖叫出聲，女生宿舍裡的室友們被我的聲音嚇醒，四人猛然坐起，在墊高的床板上面面相覷……

等等，女生宿舍？我為什麼會在這裡？然而那確實是我的室友，那確實是我讀過的，淡水河畔的一所寄宿高中……

彷彿預知了什麼一般，我驚恐轉向窗戶。在窗格框出來的畫面裡，一顆赤黃的光球從暗夜的天空落下。落下的速度不緊不慢，像是從遠方眺望一艘正在靠岸的船，只是垂直於地面。隨後，三、四條，不，也許是六條吧，總之有幾條不甚清晰的細絲，顏色比較深黃，從地面某處升起。我看過這個畫面。是彩帶嗎？這麼久以後，我還記得自己當時的第一個念頭，毫無邏輯的一個念頭：那一定是彩帶，彩帶舞那種，會環繞在舞者周圍的。但很快地，窗格裡的畫面否定了我那時的猜想。第一條黃絲在空中引爆，位置就在光球的上方一些。第二條也是。第三條。顯然光球下墜得比它們預期要快。

光球閃過了所有彩帶。光球落在地面，發出一聲雄渾的低音。遠方的落地處似乎顫抖了一下，有煙塵揚起，建築物搖晃著。

然後是爆炸，水泥如土塊崩落。

震波一路蔓延，一股隱形的力量摧枯拉朽而來。更多光球破空而來，越打越近。直到最近的一顆，如一根長針般刺入我們白天才待過的教學大樓，我們這才親身感受到震波。不只我，整棟女生宿舍發起了此起彼落的尖叫聲，物體與人體紛紛被掀翻，彷彿我們在那一瞬間都失去了重量……

我睜開眼。

不，我不在女生宿舍。我還在泰源。

周睿明仍抓著我的手腕，而我的手掌，距離K－50外牆那幅「長針落地」的畫紙，只有微乎其微的空隙。那就像是，他剛剛才把我的手按上去，又把我的手拔起來。

——妳也在那裡。

他的眼神熱切，彷彿這麼說。

*

那幅畫，就是你看過的「長針落地001」。

現在，你應該知道我為何沒有一開始就對你說實話了。這一切聽起來都太離譜了。我一開始就說了，如果我不是親身經歷，連我也不會相信我自己。但是，那是千真萬確的。周睿明的畫，不只是畫，而是「門」。他幾乎不說話，當他想要告訴我什麼的時候，他就抓我的手，去碰某一幅畫，然後我就會「進到畫裡」。大部分時候，那些畫所描繪的，都是我沒經歷過的場景，卻比任何夢中、甚至是任何記憶都還要真切鮮明。而只有在「長針落地００１」裡，我才是我自己，我才回到了自己真正有過的記憶場景裡。我不知道為什麼。在那之前我們毫不認識，在那之後我們也沒說過幾句話，他不可能是在畫我的記憶，但又分明是我的記憶。

「長針落地００１」讓我和周睿明建立了深深的羈絆。戰爭期間，台北被轟炸得很嚴重。幾家收治精神病患的院所擔心被誤擊，於是開始把長住的病人轉送到鄉下；那些多出來的空間，後來也很快被傷兵塞滿。周睿明就是在這時來到泰源的。那年他九歲，紀錄上沒有提到親屬，也從未有訪客探視，只知道他是從新北市山區的一個收容單位轉過來的。我看不懂病歷，但看過他被列在一份ＰＴＳＤ病人清單裡。然而我能知道的就這麼多了，甚至可以說根本沒有多知道什麼——那年頭的精神病患，十個有九個都是ＰＴＳＤ。沒錯，他不說話，不是埋首作畫，就是對著任何一個欣賞他畫作的人傻笑，任何正常人都看得出他有病。問題是，我也從沒看過他表現出任何攻擊、自殘乃至於一點點讓人感覺到危險的行為，連眼神都呆傻天真，這樣的孩子，為什麼會被關到重症區的最深處？這是我至今都無法理解的。無數比他嚴重的病人關進去，病況只要有明確進步的，也都一一移往行動更自由的院區了，為什麼只有他，彷彿無期徒刑一般，始終待在「美術館」裡？

對於我內心蔓長的不平，周睿明似乎一貫的無知無覺，又似乎若有所感。當他看著我的時候，我幾乎覺得自己聽到了他的聲音：「姊姊，沒事啦。」你相信也好，不相信也罷，我只要和他對上眼神，就能夠聽到他的聲音。就像我的手碰到他的畫，便會立刻被拉入畫面一般，千真萬確。

這些難以對人說明的事，漸漸成為支撐我度過那段時間的力量。有時我也會懷疑：會不會根本該住進重症病房的是我？然而每天上班，我還是會耐著性子做完所有工作，在午後推著掃具車到K－50房，墜入那些我多半不在的時空……

＊

在那批畫作裡，我最困惑、也最恐懼的，當屬「竹坡下063」。事實上，我至今仍懷疑這幅畫，就是周睿明被「囚禁」在泰源的原因——很抱歉我使用了這麼不理智的措辭，也許是因為建築的形制，也許是因為周睿明溫和無害的樣子，使我總覺得他其實並不是在那裡療養，而是在那裡服刑。而當這批畫作轉移到我手上之後，我也彷彿沾染了我所不知的罪名，永遠感覺到有獵人在暗中窺伺、搜索我……

總之，在某一個尋常午後，我照例到K－50號房清掃。一到那裡，我就發現外牆上多出一幅顏色新鮮的畫。在幾十幅燃燒的赤紅、報廢的鐵黑畫作之中，它鮮綠到近乎透光的主調，顯得十分惹眼。周睿明照例沒有說話，卻以罕見嚴肅的眼神，盯著那幅畫。我再仔細一看，畫面右側是一處山坡，坡上長滿了交錯的竹子。左側是一座學校似的建築，再過去是一條小河。我有點失望，這並不是我會想進去的畫面。那種程度的野外風景四處皆是。更何況，當時的我之所以一直去看周睿明，為的就是那一次次重回那些戰爭場景。如果不是戰爭，那還有什麼值得一探的理由嗎？

然而，周睿明渾然不知地，再次握住我的手腕。就像之前每一次一樣。他這一握，反倒讓我有些不好意思了。這豈不是太任性了嗎？周睿明本來就不是為我而畫的。他能夠擺脫那些陰鬱鐵血的畫面，對他而言是好事吧，即使從他的表情看起來，根本感受不出他下筆是快樂還是痛苦的。我的手指一觸到畫面，便一如往常進到了他的場景內。

夏日的蟬聲瞬間湧入，山間的涼風讓人精神一醒。

也是真的進到畫裡來，我才發現右側竹坡下方，有幾身晃動的人影。周睿明把我的手握得更緊了。我困惑地轉向他，只見他的眼中水光瀾漫，臉頰皺縮，那是孩童樣貌的周睿明，正在無助地大哭。周睿明向竹坡奔去，顛顛簸簸攀過鬆軟的泥地。但在他抵達之前，事情已經發生了——一名女子舉起鐵鍋大小的石頭，重重地砸向男子的後腦。一下。又一下。石頭崩落了幾角，碎片飛散，令人驚異於頭骨的強硬程度。最終頭殼終於像漿果一樣破開。周睿明嘶喊著撲向屍身，但屍體旁的女子還是恍若未見。女子氣力放盡，丟下石頭，對著更暗處的竹林喊道：

「列兵蔡蓮、完成任務，等待、上級指示……」

竹林裡一下子湧出七、八人，大多數都是中壯年男子。他們或持槍、或握刀，護衛著當中唯一沒拿武器的領袖。泥地上血肉糊爛，漸漸與土壤混雜在一起。有人伸手翻揀了幾回，似乎在確認地上的人死透了。那名自稱蔡蓮的女子木然、呆滯，卻又像是已在瘋狂邊緣。

「很好。你能格斃叛徒，證明了你對解放事業的忠誠。今後要銘記這血的教訓。」

領袖說完這句話，轉身就要走。蔡蓮猛然撲向前，抓住了領袖的衣襬：「那阿明……」

「那孩子在很安全的地方。」

「阿明？我的阿明？……」

「那孩子很特別，組織會好好照顧他的。」

「你不是說，只要我……」

「列兵蔡蓮，解放事業是不容許私情的，你是十幾年的老隊員了，難道連這點覺悟都沒有嗎？」

領袖拍掉蔡蓮的手，邁步走開。四周護衛的成員似乎想說點什麼，但最終只有幾個人深深看了蔡蓮一眼，就快步跟著領袖溜下竹坡。很快地，整片竹坡就又復歸平靜，一時遠去的風聲和水聲又漫了回來。不可見的孩童周睿明與蔡蓮對坐，中間是頭殼稀爛的屍體。「定方……」蔡蓮不忌血水，撫摸著它的胸腹：「定方，怎麼辦……」

周睿明滿臉通紅，哭得過度換氣，以至於再也發不出聲音和淚水，定定望著崩潰的蔡蓮。

好半天，她才彷彿想起什麼一般，扯開了放在一旁的背包。她粗魯地翻出裡頭的各式雜物，一捲圖畫紙就這麼飄到一旁。周睿明走向它，手在空中一揮，一道微風讓畫紙舒展了開來。畫面右側是長滿竹子的山坡，左側是學校和小河……就是我們所在之處。難道，這幅畫……？但仔細一看，蔡蓮翻出來的畫上頭，並沒有此刻我們所見的那幾身人影。這不是同一幅，只是很像。

就在我端詳那幅畫的同一時間，蔡蓮取出了一矸裝滿液體的玻璃瓶。她仰頭灌了一口，整個人便頹坐在地。她支著殘存的力氣，向瓶裡塞了一條粗布，點上火。最後，蔡蓮整個人趴上屍身，並重重地將瓶子砸向地面。火勢瞬間暴起，一陣熱風襲向我們……

我們回到了K－50號房前。我的手指和畫面之間，拉開了一張紙的距離。

周睿明鬆開我，面容已然恢復平靜。

我的心臟因恐懼而猛力撞擊肋骨。雖然已經十幾次進過周睿明的畫，重返那些砲火瀰漫的日子。但是，這麼近距離地看到一樁血案，卻還是第一次。我一方面覺得心有餘悸，一方面卻也對自己的恐懼感到一絲意外；彷彿殺傷數千數萬人的高科技戰爭，還不如一顆原始人也能取得的石頭那麼令人害怕。

「那些人是誰？」

「……」

「他們為什麼要殺人？」

「……」

「他們說的阿明……是你嗎？」

一向沉默的周睿明，像是被輸入了某種密碼一般，漸次化去了臉上無形的外殼。

——戰爭還沒結束。

我清清楚楚，讀到他眼神裡的訊息。

*

關於我「進到畫裡」的種種經驗，無論是「長針落地００１」還是「竹坡下０６３」，以及其他數十百張畫作，都是我至今回想起來，仍極度清晰、無可抹滅的。

我知道應當如何「科學地」解釋這一切：我，泰源精神療養院的雇員李心妤，因為戰爭期間的創傷，罹患了ＰＴＳＤ。這是泰源院方寫在我的檔案裡的，他們並且故作慈善地加註：於執勤期間病發，准予留職停薪以進行治療。同一時間，院內也有另一套流言：李心好跟「美術館」那個十二歲的病人走得太近，果然出事了。

你會相信哪一種說法？

無論如何，我有我自己的說法；我不得不有。這不是我可以選擇的，因為我所真切經歷的，就是詭譎到讓我難以向他人啟齒。

直到現在，我還是常常在夢裡回到K－50號房，任由周睿明握著我的手，把我帶進他畫裡的世界。我曾和他一起，蹲在被炸彈轟碎的台北車站，看著我常去的那家迴轉壽司招牌落在地上，縫隙裡還鑽出一隻不知名的腿。我也曾和他一起走在舊日遊人賞花的郊山，低頭閃避懸掛在林間的飛行員屍體。我怎麼會有PTSD呢？我是如此熱愛戰爭那段時間。不，請別誤會，我對於飛彈、坦克、船艦、槍砲一點興趣都沒有，我不但外表看起來不像一位軍武狂熱者，實際上也真的不是。

既然對象是你，就容我放膽說幾句心底話吧：你不覺得，戰爭那段時間，其實是我們最好的日子嗎？開戰之前怕東怕西，為了避戰忍氣吞聲一百年，還不是打起來了。戰爭結束之後，確實是不用再害怕了，但每個地方都被炸得殘破不堪。每個人都說未來一定會越來越好的，是啊，我也相信，但戰後的世界就是爛透了。

因此，我懷疑不會再有比戰爭期間更好的日子了。我們憤怒，我們抵抗，聽到正面的消息我們奮起，聽到負面的消息我們還是奮起，每多活一天都像是一場小小的勝仗，都粉碎了敵人的一場圖謀。不像現在，每一天都糟糕得像是我們吃了敗仗，而且如果你這麼說出來，還會有人質疑你的忠誠度。

忠誠度呀——如果他們知道我做過什麼——

我說這些，也不是在求取你的認同。我能夠感受到你的同理心，但動用同理心的時刻，正好也就鮮明地展現了你的不同意。我之所以說，是想讓你知道，在所有人都沉浸在戰爭勝利、國家獨立的氣氛裡，意氣凜然地為了建設新時代而努力時，我是多麼地懷念戰爭期間的自己。而這樣的我，發現了那樣的周睿明的畫作，會如同毒癮般一次次去碰觸那能帶我回到什麼都理所當然、什麼都不必多想的戰鬥時光的「鬥」，也是理所當然的……

在所有圖畫裡，我最喜歡的還是「長針落地００１」。習慣進到畫裡的我，當然不再像一開始那樣驚惶無措了。我會直接待在那氣味熟悉的宿舍床褥裡，靜靜度過一段時間，像是跑完一段早就熟悉內容的影片，既不等待什麼，也不越過什麼。三位室友也是一模一樣的表情、聲音與動作，見證了一場戰爭所劃開的、現在早已杳散無蹤的新世界。

我從來沒跟你介紹過這三位室友。仔細想想這也是理所當然的，畢竟「長針落地００１」並沒有畫到她們，無論你參觀幾次、訪談幾次，我都沒有理由提及睡我上鋪的玲子、對面的安琪和小艾。然而，她們卻是我戰爭記憶裡最好的部分——或許拉到一生的尺度來看，也可以說是最好的部分吧。

作為室友，我們的感情本來就不錯，但在「長針落地００１」所描繪的那次轟炸之後，我們才真正有了姊妹一般的緊密。學校在轟炸之後立即停課，住在台北的同學紛紛被疏散回家，而我們四個來自東部的外地生，則被另外安排到臨時宿舍裡等待。一開始他們說鐵路是重點轟炸目標，所以長途撤離不太安全；過了一陣子，當共軍開始登陸戰時，我軍炸毀了雪山隧道、切斷了北迴鐵路，那就真的完全沒辦法回家了。

就在這種一日壞過一日的焦慮裡，玲子不知從哪裡拿到了一份表格。

「與其坐在這裡枯等，不如來做點什麼！」

這就是玲子會說的話。她四肢修長，在操場跑動時簡直像一隻羚羊，你無法想像她靜止在一個地方的樣子。她拿來的，是「志願醫療服務隊」的報名表格。由於受傷的士兵和平民迅速增加，全國各地的醫護人力都非常吃緊，政府先是徵調了醫學院和護理學校的學生，接著又開放了學生優先的志願名額。

如果不是玲子積極的個性，我很難想像戰爭期間，我們四人會有什麼樣的遭遇。在她的極力說服之下，我們全都填了表，並且趕在學校伙食斷炊前一天入隊。我從沒想過要當兵，卻在受訓過程裡，著實體驗了當兵的氛圍。我們依照年紀和出生地被編成不同小隊。滯留台北的東部人不多，我們理所當然同隊，也理所當然由玲子擔任小隊長。或許是日復一日的轟炸令人緊張，或許是緊湊的訓練太讓人疲憊，當我們在宿舍裡對坐時，整個人就像是一具空殼一樣，幾乎什麼話也說不出來。甚至，有時只是對上彼此的眼神，眼淚就會自然湧出來。

「想家？」

玲子走向我。我搖頭，感覺淚水在臉頰上滑動。

「別擔心，這裡是醫院。醫院不是軍事目標。」

我點點頭。心裡卻說：我也不是害怕轟炸。

「我們不會分開的，相信我。」

我低下頭，感覺玲子的唇輕點在我額際。我知道玲子是為了什麼而志願的，這是安琪和小艾也沒能共享的祕密。她幾乎在飛彈落下的那一瞬間，就已經為我們勇敢了起來。我靠進她長長的臂彎，感受一種毫不理性的安心。外面的世界砲火如雨，但玲子會找到遮蔭的地方。對於四名在台北沒有親人可依靠的女學生來說，還有什麼比依附國家、卻又不必真的上前線的醫療服務隊更安全的呢？時至今日，我對當年追隨玲子志願一事仍無悔恨。如果要說有什麼懊悔的，大概只有哀嘆自己沒有周睿明的手筆，無能畫出在這之後的種種回憶吧。

在泰源期間，每當我思念起玲子，便如毒癮發作一般，藉故前往K－50號房，讓周睿明執起我的手，碰觸「長針落地001」，再一次注視她永遠封凍在時光裡的側臉。而在我離開泰源、再也無法與周睿明見面之後，無論我多少次攤開「長針落地001」，無論我如何誠心祈求、撫觸畫面，這道「門」始終緊閉，彷彿過去的敞開只是一場幻夢……

＊

也許是我對畫的執迷，撬動了周睿明那閉鎖難明的心靈；也或許只是他心血來潮，直覺地以一種孩童式的善良，回應我未曾明言的願望。總之，他曾為我畫過一幅畫。這唯一的一幅，便是「地下室071」。

不必翻找你的筆記或相片庫了，這幅畫你沒有見過。不只是你，那些比你還早就知道，我這裡收藏了失蹤的周睿明畫作的研究者、收藏家、記者，也沒有一人看過。

這世界上只有兩個人知道這幅畫，你是第三人。

那是在某一次，我從畫中脫出、筋疲力竭擦拭臉上的淚痕與腦中的玲子時，赫然發現周睿明沒有如往常一般放開我的手。我困惑地注視他，他的面容溫和如常，彷彿一尊低眉垂睫的佛像。

——你也有一幅畫。

「我？什麼意思？」

——沒有人知道的，讓我畫下來好嗎？

他溫柔的聲調在我腦殼內迴盪，有一點發癢的感覺。這麼說來很奇怪，他不過是一名十二歲的少年，但我卻覺得正面對一名歷經一輩子滄桑的長者。那麼厚實的時間，那麼複雜卻又融為一體的溫藹，讓我心中明明有所不安，卻還是陷入鬆弛的恍惚裡，對他點了點頭。

他改用左手牽著我，右手執起蠟筆，俯身便開始塗抹了起來。而我也恍若失神，與他一起跪坐在地板上，似見未見地盯著圖畫紙。蠟筆重重地推過紙面，留下纖維與油粉揉合一處的紋路。周睿明下筆毫無遲疑，看似漫不經心，每一筆卻都像是雕刻一樣，把事物的輪廓給勾畫出來。我曾聽人說，好的雕像是藝術家把埋藏在石塊裡的精魂解放出來，但我沒想過蠟筆畫也能給人這種感覺。周睿明作畫的方式，就彷彿畫紙裡也禁錮了一個故事，只待他以畫筆斬去不需要的空白，一切就能自然浮現。一想到這裡，我便彷彿聞到他每一筆畫落下去時，因為劇烈摩擦而迸生的火花氣味……

不知過了多久的時間，我回過神來，現在被我編號為「地下室071」的那幅畫已經完成了。周睿明又回復了低眉垂睫的樣子。

畫面上，是一道普通的樓梯。大量黑、紅色塊，襯出這道向下的樓梯，似乎建立在一座陰鬱的建築內。視線隨之往下，樓梯盡處似乎是一道醫院常見的自動門，門楣上有青綠色的燈號。

「不，」我後退：「我不要。」

我望向周睿明，從他的瞳孔裡看到自己驚懼、憤怒與茫然的倒影。我不知道樓梯通向哪一道門，我不知道那道門通向什麼，但我知道那不會是我想進去的一幅畫。我必須很努力克制自己，才能不尖叫出聲，並且撕碎那幅畫。

但周睿明不為所動。他把畫撿起來，稍微挪動一下位置，便貼到K－50號房正中央的牆面上，與我剛剛脫出的「長針落地001」緊靠在一起。然後，他向我伸出了手，做出了邀請的手勢。

「不——」

一股大力從身後傳來，所有景物急遽流走。K走道，值班桌，三重防護門，電梯，C棟一樓辦公室……彷彿我已被那股力量粉碎成無數細小的顆粒，因為細小，所以能穿過任何物質的任何縫隙。空間快轉，時間震動，所有日常習見的場景，此刻都變得焦躁而詭譎。最後，就像開始時一樣突然，全身的顆粒又各回其位，把我組成了原來的我。

周睿明站在我的右邊，我們的身後是敞開的自動門，以及陰鬱的樓梯。

我們身在一處非常大的房間裡，一眼望過去，沒有任何窗戶，所有光線都來自人工的燈光。房內整整齊齊排列了數百張病床，每一張床上都有一名病人——就像我曾經志願服務過的那些野戰醫院一樣。不同的是，這裡並沒有哀號，沒有血漿和斷肢，也沒有緊急搶救的慌亂，反而非常、非常安靜。然而，要說不是野戰醫院嗎？當我茫然走進病床的陣列間，每一張床上的，分明卻又都是些身著軍服的士兵，就算是穿著最輕便的，也一概是軍隊的草綠制服。他們半躺半坐，背靠枕頭斜倚著。每一個人，毫無例外地，左手臂上都連接著一台白色的注射儀。

那是「電麻」。是那群毒蟲們吵著要增加劑量的「電麻」。

但我從來沒見過這麼多。泰源精神療養院最大間的「網咖」，也不過就三十床左右。然而我眼前的這間「網咖」，越走越是感覺永無止境，起碼有上千床……

「這是哪裡？為什麼有這麼多人？」

——這裡，就是背面。

「什麼的背面？」

——我畫出來的，都是「背面」。

「我不知道你在說什麼。」

——每個人都是這麼說的。

「不可能。沒有這麼多。而且，他們都是自願的。是他們求我們的。」

——你當然可以這麼說。

「你到底是誰，你為什麼會知道這些……」

——我是負責畫下「背面」的人。

「這不公平，這不公平。不這樣，我們還能怎麼樣？」

周睿明閉上眼，不再向我傳遞任何訊息。

而我，我沒有選擇，只能逃避也似地在這巨大的「網咖」裡奔跑起來。也許我不完全是為了逃避，更是希望我可以跑到盡頭，讓我知道這裡面到底有多少人。也許我是奢望，盡頭之處能有我期盼的玲子在等我；即使我心底清楚，玲子不可能出現在這個她沒經歷過的場景裡。我每往前跑一排，房間的盡頭就又拉遠一排，延伸出更多病床與「電麻」注射儀。「電麻」是拿來勒戒毒癮的，這我當然知道。然而，趙醫師或護理長們並不曉得，我並不是到泰源才學會這些的。我可以面不改色地在毒蟲和重症病人間穿梭工作，是因為我以前就做過一樣的事情——我曾穿梭在病床之間，為士兵們安置注射儀。那是在我就讀的高中被炸毀之後。我和玲子，和其他室友，和全國各地志願應徵而來的女孩子，一起被帶到三軍總醫院祕密設立的一處醫療站。名義上，那是收治重傷軍人的地方。實際上，軍卡載進來的都是毫髮無傷的新兵。注射儀很現代化，我們只要像是拆裝電池一樣，把全新的藥劑換進去就好……

這樣，他們就會通通變成更勇敢的士兵。更不怕死，意識更清楚，可以幾天不吃不睡。

我們這些女孩子受訓的時候，教官說，這免不了會有一點成癮性。

但只要戰爭結束了，政府會負責所有善後的療程。

那就是戰後的「電痲」了。

除了我們，誰也不曉得，在戰爭期間，注射儀的作用是相反的。

戰後，「電痲」成功治癒了大多數人。除了那些劑量已經下得太重、腦殼內圈老是在發癢的人以外。

我們這些女孩子，在戰爭期間知道得太多了。「知道」本身就是一種負擔，也需要額外的勇氣。最後，上級允許我們在執勤期間，也能自由使用注射儀。只是劑量要減半。

但他們沒有規定頻率。

玲子說，相信她，她不會讓我們分開的。

但是，只有我走進了這巨大的「網咖」……

我放棄再跑了。一千張床？兩千張床？這場獨立戰爭，我們到底動員了多少士兵？我已經沒有能力思考了。我低頭望著自己的雙手，那上面星星點點，全是針孔留下的瘢痕。那是每一次周睿明帶我進畫的時候，必然握到的位置。或許從一開始，周睿明就已經知道了。他只是，一直沒有畫出來，直到今天。

我和玲子是一起志願的。我們不會打仗，但如果是打針，那應該還可以。

現在只剩下我了，只有我被「電麻」救了回來。

即使有時候，腦內還是會有似真似幻的麻癢。

一旦進到畫中，所有麻癢就會靜止下來了。那時，我們也還能窩睡在我們的宿舍裡，不必一輩子附掛著「電麻」的注射儀，不必像這些退役卻仍無法退出這場戰爭的士兵。

我回頭。跑了這麼遠，周睿明卻還在身後不遠處。

我向他伸出手。我不要了，這裡沒有玲子，只有玲子以外的一切痛楚。我伸出手，是祈求的手勢，是求饒的手勢。

背面也好，正面也好，就讓我待在一切都還沒開始的地方就好……

總之，不要在這裡。不要「此刻」。

周睿明嘆了一口氣。少年伸出了他的手，捧住我的臉。

——他們來了。再見。

耳中響起了熟悉的嗶嗶聲，是防護門的密碼。接著，氣密的防護門敞開，趙醫師、護理長和一干保全湧了進來。我恍恍惚惚，任由他們把周睿明和我分開。周睿明立刻被粗暴地壓制，套上了拘束衣帶走。而我，我則因為闖入權限所不允許的禁制區域，並且踰越了合約所規定的，與病患之間的倫理界線，立刻遭到了停職處分。經過趙醫師的縝密檢查，他斷定我也有強烈的ＰＴＳＤ，只是在就職前未曾發現，這算是院方的疏失。因此，院方先將停職改為留職停薪，幾個月後又以職業傷害的名義，按月開始發給我津貼。代價是，我簽了一紙嚴格的合約，要求我必須對禁制區的存在保密，並且此後不准再踏入泰源精神療養院。即使是以病人的身分，他們也拒絕接收。

我是再也沒有見過周睿明了。

*

阿嬤嚇壞了。在她人生的最後幾年，她始終不知該如何照顧一名「有精神病的孫女」。她只能日復一日躲進廚房，用有限的預算，煮出她心目中最營養、油光最盛大的菜餚，送進毫無食欲的我的房間，然後再對著起碼半數完好的飯菜嘆氣。我對不起阿嬤。

但我無力表達我的歉疚。我被一些模糊破碎的記憶閃動困擾著，思索那些畫面背後可能的意義，勉力抵抗隨之而來的恐懼：我被他們帶出防護門，走沒幾步路，竟然就穿越了我從不知道的樓梯，回到了C棟一樓的辦公室。你之前帶來的平面圖沒有C棟五樓，也沒有C棟地下室，我很確定。那裡有幾千名，或更多，終生吊著「電痲」注射儀，始終離不開那場戰爭的士兵……

是的，敏銳的你，一定發現不對勁的地方了。

原來那座巨大的「地下室」，並不是在畫裡嗎？我分明是進到了「地下室071」，我記得很清楚。我進去之後，並沒有像往常一樣，被周睿明帶出來的記憶。每一次脫出都是一樣的，我都會看見自己回到K－50號房，指尖懸空，距離畫面一張薄紙。

邏輯上來說，只有兩種可能。

第一，趙醫師、護理長和保全也經由某種方法，進到了畫裡。

第二，他們，以及你在內的整個世界，本來就活在「地下室071」。

我才是那個闖入者。

在我離開泰源半年左右，我收到一箱快遞，寄件人是泰源精神療養院。打開來，裡面通通是周睿明的畫作。我怔了一陣子，才巍巍顫顫伸出手，碰觸放在最上頭的「長針落地001」——

什麼都沒發生，「門」沒有對我敞開。

箱子裡還有一封整齊列印的文件，格式與我曾整理過的公文是一致的。那些拗口的文句，並不是當時神思疲弱的我所能完全理解的。但我大概可以抓到的意思是：病患周睿明已因故離院，本院依照病患意願，將其私人物品寄送至指定地點。此外，公文也提醒我：前列所提之各項物品，及其所記載之內容，亦屬於保密協定的規範範圍。

從那一天起，我開始感受到暗處的目光。一個個像你這樣的人，以及比你們更滿懷惡意的獵人們……

現在，能坦白及不能坦白的，我全部錄下來了。那些獵人暗中窺視十幾年，想要刨開啃食的、我憂慮地背負了十幾年的「記持」，都在這裡了。

在我按下停止鍵後，我會最後一次參觀自己的私人美術館，向每一幅周睿明的畫作道別。老實說，我雖然不捨，但還不算太過心痛。有些東西早就消失了，現在存留的，卻又是任何人都不想面對的「背面」。這樣廢墟似的紀念物，就算通通付諸水火，這世界也不會感到太多損失的吧。

隨信附上七十一幅畫作的編號目錄，我猜你應該拍下了部分畫作的圖檔；如果沒有的，也就只好說聲抱歉了。此後，你所知道的、持有的，就是這一切記憶的最終及最完整的版本了。謝謝你，讓我在最後的時刻，能不必坐視故事滅絕，也不必洩漏祕密，能夠自私地將重擔轉移給你。就如同周睿明把他所持有的「背面」轉移給我一樣。

如何處置它們，就通通由你決定吧。

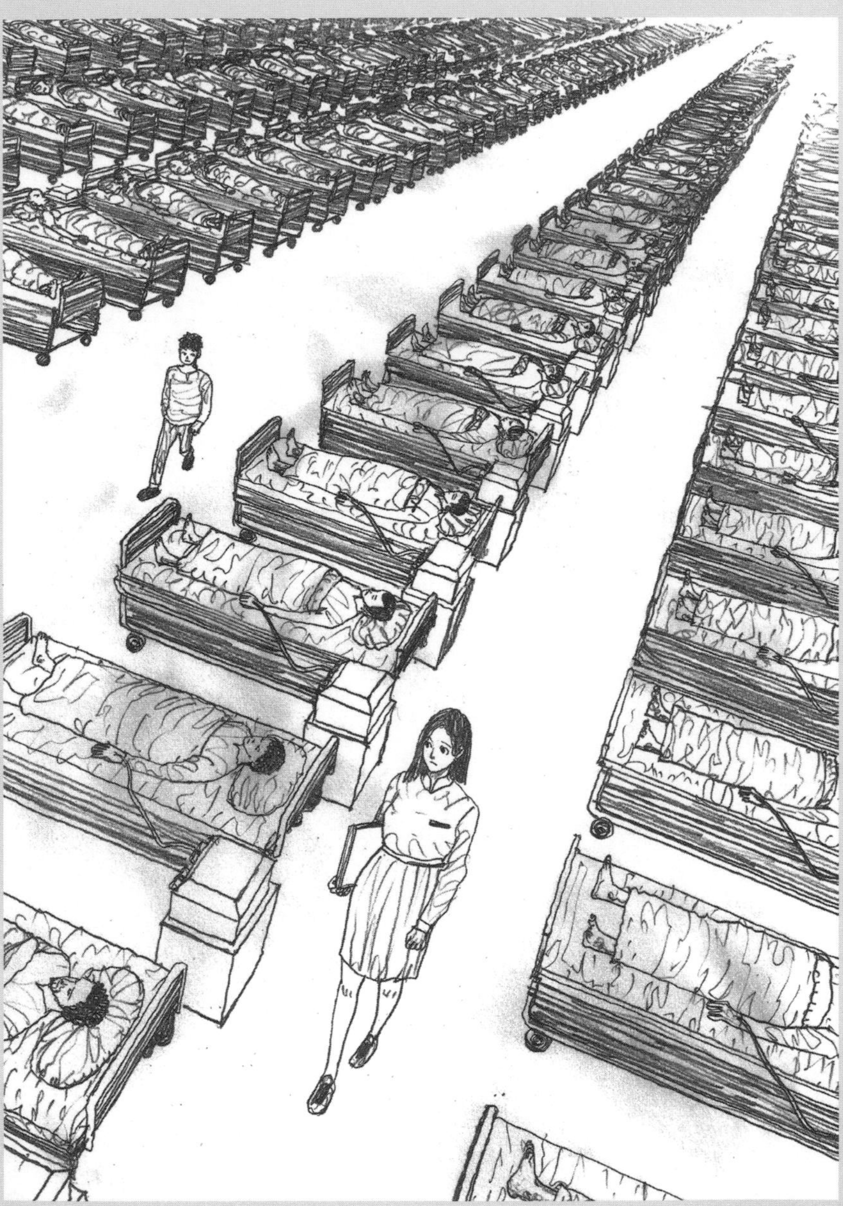

周睿明（b. 2038）

地下室071

2050

蠟筆、圖畫紙

52×76 cm

圖版修復：柳廣成

南方的消息

新聞畫面裡，一閃晃過了譚嘉茂的臉。場合是中共中央總書記魏再東接受中外記者聯訪，他擠在人堆中，只是眾多毫不起眼的西裝男子之一。一起在那國境之南的「復興中小學」同窗十二年，此刻卻又各在海峽一端的感慨，不知第幾次湧上心頭。山村豔陽高照卻同時涼風吹拂的觸感，也彷彿在這一瞬間回到我的膚表。

「欸。」我對兒子說：「今年寒假，我們回爺爺家過年吧。」

兒子把視線從手機裡抬起來。

「上個月不是才去……這麼快又回去，ＯＫ嗎？」

「有什麼不ＯＫ的。那是我老家耶。」

「那，」兒子把視線收回，彷彿漫不經心：「媽要跟我們去嗎？」

「這不用你操心，同學。」

現在的孩子幾乎都這樣跟爸媽說話了，光聽不看還真分不出輩分。幾年前，從大學生的圈子開始了一股流行，訴求「稱呼的去階級化」，說白了就是想模仿美國電影，用對待平輩朋友的口吻與父母說話，甚至直呼姓名，一時引起許多社會賢達的爭論。遠在清萊村的父親也在網路上看到相關新聞，憂心忡忡來電詢問：孫子沒跟著學壞吧？幾千年的中華人倫，可不能在我們黃家失守。

我啼笑皆非，果然只有「中華人倫」，能讓父親破例打電話給我。但要怎麼說呢？兒子是沒有那麼激進，並沒丟掉爸爸媽媽的稱呼，只是說話的語氣確實與中學之前不同。一開始我和玉真都忙，她任職的外商公司正在擴大對台投資，什麼事都要她軋一角；而我每隔一陣子，就被大老闆派去不同部會，明著是說靈活支援，實際上我知道是累積歷練，日後必有大用的意思，自然也全力以赴。因此，當我們夫妻倆回過神來，兒子已經會在冰箱紙條上留言「我今天有約，你們可以晚點回家沒關係」了。這一回神，的確覺得哪裡怪怪的，但一細想過去幾個月早就如此，也好像沒有什麼不能這樣的理由，我們也就聳肩算了。私底下想起來，我甚至覺得挺好的：彷彿一瞬間就多了個男人在家，不必特別費心照顧，還可以把一些瑣碎家事賴給他。

最後我只跟父親說：兒子很認真，大學考得不錯呢。

父親這就滿意了。每一個清萊村的父親都會滿意。現在如此，當年也是如此。從小，父老鄉親就會諄諄期許：幾十年來，村裡每屆四十人不到的畢業生，總有超過三十人能考上大學，到台灣，到曼谷，到清邁。附近泰人、甲良人、傈僳人、撣人村落連中學生都沒有幾個呢！我縱然年輕，也聽得出言下之意——最後，我總算沒給村裡丟臉。畢業時，我考上了台灣的政大外交系，是那屆成績最好的兩人之一；另一人就是我的好友譚嘉茂。為此，我的父親擺下了三十桌的宴席，把能牽得上關係的親戚都找來喝了一頓，整個場地貼得大紅大金，活像提早幫我辦了一場婚禮。

還好我是在台灣出生的。每當我講起這段往事，兒子都會這麼說：考上大學就這麼誇張，有夠丟臉。

先別慶幸得太早。我跟你媽結婚的時候，還是回去辦了一場。

很可怕嗎？

更可怕。而且你是長孫，大概也跑不掉。

救命。

接下來就是玉真了。玉真回娘家去了。每次只要我們一起回清萊，接下來就一定會有這齣戲碼。學生時代交往那陣，她還很樂意陪我回老家走走，當時我們也會順便到泰國的一些觀光區玩玩。但回去的次數多了，觀光起來沒那麼有意思了，去清萊對她而言，就純粹變成了聽古板的公公訓話好幾天的行程。而一切不滿的高潮，就是婚禮——婚前說好了在台灣辦就好，我們包機把親朋好友接來台北熱鬧一番，順便也換我的父母來觀光觀光，看看他們「孤軍」的父兄所效忠的中華民國，如今是個什麼景況。婚禮辦在一家米其林二星的餐廳，一人一套別出心裁的套餐。玉真的同學是餐廳副主廚，靠著這層關係，才有這樣破例包場的機會。整場婚禮新派且有質感，我們都很滿意，雙方家長看來也都賓主盡歡。沒想到，就在包機要返回清萊時，父親突然對我說：

「我看，還是回去辦一場正式的婚禮吧。」

玉真當下沒說什麼，但一回家臉就沉了下來；她怪我沒有當場拒絕父親的提議。

「他什麼意思，我們的婚禮哪裡不『正式』了？」

「我想他們的意思是不夠傳統……」

「什麼傳統？為什麼要傳統？要去你自己去，愛有多正式就多正式。」

費了一番工夫，我總算是軟言安慰，把新婚妻子哄回懷裡。一個月後，我們飛回清萊，全程玉真的微笑都有點勉強。反倒是玉真的父母看到村裡有網路、有電動車、人人都用最新的手機，大吃一驚。他們都看過老電影《異域》，來之前心驚膽戰，以為清萊還是上山打游擊、下山賣毒品的恐怖邊區，不料跟苗栗、雲林這樣的農業縣差不多。父親驕傲地帶著親家眺望村外的荔枝園和柳丁園，並且親自導覽了自家的水果罐頭工廠。在曼谷超市裡最暢銷的柳橙汁，就是跟清萊村買的。玉真的父母十分滿意，投向我的眼神也變得不太一樣了；我這才意識到，原來他們之前對我的溫藹款待，終究是摻和了一些不安。

婚禮質樸而豐盛，父親借了關帝廟的廟埕，擺開五十桌的陣勢。玉真的父母直呼懷念，彷彿回到童年吃流水席的氛圍裡。玉真向我拋來一眼，露出無奈的神色，我當然也只能以苦笑回應。我和玉真沒怎麼動筷子，我們實在都不能習慣這樣露天吃飯、飛沙走石的場合。更何況動不動就有賓客前來鬧酒，口中喃喃說著「早生貴子」、

「延續香火」之類的陳腔濫調，我們也沒什麼時間吃。我知道玉真一直都在忍耐，她的父母都是開明的大學教授，從小就教導女兒不要拘泥於繁文縟節，心意為上。我也是這麼想的，只是回到清萊就身不由己，這裡的「正式」和「傳統」實在太過頑強，無法抵抗。我只能握住她的手，表示我也和她一樣忍著煩躁。偏偏就會有半醉的阿叔，嘴裡稱讚新娘漂亮、眼神上下打量不說，還脫口而出：「娶一個台灣的女孩子，也不錯啦……」

也？玉真一挑眉。我把她的手握得更緊了。

後來，玉真果然在我最擔心的橋段裡爆發了。宴席吃畢，桌椅迅速撤下，村人們奏起音樂，圍成一圈，開始了「打歌」。打歌是孤軍父祖流傳下來的，據說是雲南地方的習俗，大家圍圈踏步唱歌，歌詞既是祝福新人，也是教育新人，要夫唱婦隨、孝敬長輩云云。而當圈子漸漸擴大，親朋好友都唱過一輪後，新人也得加入圈內，一同踏唱。我知道，這才是父親心目中的「正式」，我們那樣吃喝一輪、笑鬧抒情的婚禮，在他眼中看來近乎胡鬧，毫無中華民族該有的人倫與莊重。於是，當父親伸手邀我們入圈時，玉真立刻站起身，用很有禮貌但全場都能聽清楚的語氣說：「不好意思，我有點頭痛。」隨後轉身離席。我來不及拉住她，只好留在原地跟大家解釋：其實她這一整天都感冒發燒，真的需要休息了……

可想而知，婚後二十年來，這件插曲始終掛在我父母的口中，我們每回清萊一次就會聽到一次。最近一次，就是我上個月回去參加同學會。而玉真的反應也十數年不變：在清萊全程微笑，一回台灣就收拾行李奔赴娘家，沒有十天半個月哄不回來，短短四個捷運站的距離彷彿千山萬水。

而現在，我甚至不只要哄她回家，更要哄她答應，帶著兒子到清萊避一避。

「又去？」

她話聲越短，怒意越盛。但這不是吵架的時候，我盡量放軟語氣，內容卻要堅定，讓她知道事態並不尋常。

「對。妳先聽我說。我跟兒子說要回去過年，但其實不只要過年，可能要待三個月……甚至半年。而且，你們倆先過去，我不一定會跟著去。」

「什麼？黃仲華你發神經啦？去三個月半年，兒子不用上學？我不用上班？」

「你聽我說。」

「我在聽啊。你過這麼久才打給我，我沒想到會聽見這麼離譜的事。」

「我沒有要跟你吵架。這很重要。非常重要。」

「……」

「還記得我們第一次約會的時候，一起看過的紀錄片嗎？妳看完之後笑我，這樣選片還會上鉤的女孩子，一定是真愛？」

玉真冷哼一聲，我知道這算是微笑了。

「T-day倒數了。所以拜託你，求你，帶兒子去清萊過年吧。」

電話兩端陷入沉默。

「你是說……」

「細節回家談吧。先掛了，掰。」

＊

上個月的復興中小學同學會是譚嘉茂主辦的。這個消息可是驚動了所有校友。如果我考上台灣的政治大學，是家族的榮耀；那譚嘉茂畢業之後的去向，則是三十年來，村人都難以忘懷的傳奇。

復興中小學是清萊唯一一間華文學校，包辦了清萊從幼稚園到高中的華文教育。這是孤軍長輩傳了半世紀的祖訓：雖然移住到泰國、雖然已有了泰國國籍，但不能忘了中國人的本。因此，清萊的孩子從小就要上兩間學校，早上到泰國的國民小學，晚上到華文學校，週末還要加課。一來一往，清萊小孩的童年歡樂就比別人少了一半，但大人們都相信這會讓我們成人後的薪水多上一倍。

在我們那一屆，就是我和譚嘉茂輪流爭搶第一名。不過我們倆感情很好，反正每學期都有兩個第一名席次可以分。高中畢業前夕，復興中小學老師問大家升學的志願，大多數人都想去台灣，包括我。只有譚嘉茂略有遲疑，才回答：「我想去內地看看。」同學便一片譁然。老師和藹地問：「你跟家裡說過了嗎？」譚嘉茂搖頭，老師接著說：「這麼大的事，還是要問問家長的意見才好。」譚嘉茂臉上閃過一絲無奈，用只有坐在鄰座的我聽得到的聲音嘟囔著：

「是中國人，讀中國書，去內地有什麼不對？」

幾週後，大學榜單陸續公布，復興中小學的上榜率與往昔無異。但不管怎麼找，就是找不著譚嘉茂的名字。不只榜單上沒有，此後也沒有同學再見過他了，據說他和父母大吵一架，拎一滿包行李袋就走了。有人說他去了曼谷，也有人說他去了緬甸。他的父親面對關心和詢問，一概寒著一張臉答：「我沒有這種心向共產黨的兒子！」

我下一次聽到他的消息，就是和玉真回清萊結婚的時候了。細節眾說紛紜，但可以確定的是：譚嘉茂果然沒有到台灣念大學。他離家出走到曼谷，靠著打工過了好一陣子後，不知怎麼地打聽到了內地高考有提供海外華僑的加分名額。清萊的孤軍子弟在泰國學校裡自認是泰國人，在華文學校裡自認是中華民國人，卻很少想到，對內地的中華人民共和國來說，持有泰國身分證、體內卻流著華人血液的自己，是不折不扣的「海外華僑」。就這樣，譚嘉茂在曼谷存了一筆錢後，便發憤考上中國政法大學。到我結婚那一年，他已經從法學本科畢業，聽說在上海一名大官底下當幕僚了。

想不到他說到做到，行啊。同學們紛紛說。誓死反共的孤軍子弟，竟然出了一個念內地名牌大學、未來可能在中共當官的子弟，同學們的驚嘆之情遠超過敵我之防。跟譚嘉茂一比，我們任何一個去台灣念書的同學都顯得平庸而無鬥志了。所幸玉真並不在乎村人的祝福，否則她鐵定會很在意，我們的婚禮上竟人人都在談譚嘉茂，彷彿我們的結婚只是給大家一個公開討論此事的場合。

譚嘉茂的老父則仍然寒著臉，那副漢賊不兩立的臉是有一點衰老的樣子了。

而這樣的譚嘉茂，竟然在三十年後主動發函給四散各地的校友，說要辦一次盛大的同學會。

復興中小學的校友畢業之後，各有去路，曼谷、清邁、台北、香港、新加坡、紐約、東京，要聚合起來談何容易。但為了譚嘉茂，一下子回去了兩百多人，幾乎上下三屆都到齊了。大家除了好奇他這幾年的經歷，更有不少人覺得這是值得一套的交情。畢竟，譚嘉茂一路跟隨的那位上海大官，如今已經貴為中華人民共和國國務院總理，是真正一人之下、億萬人之上的重要人物了。

老實講，我也頗好奇當年的老同學是怎麼走到今天的，或許我是同學裡最能理解他的人——不只因為我們幼時都是第一名，更因為我在政大外交系畢業之後，也陰錯陽差一路跟隨現在的大老闆，成為她的核心幕僚。然而也正是因為我的身分敏感，按理是不可以私下跟他這樣的人接觸的。若說呈報上去，提個正式申請嘛，為了滿足一點少年往事的好奇心，也真的犯不著接受那些繁瑣的安全調查。於是我沒考慮太久，就把那封邀請函丟到一邊去了。

那個週末平靜無波，除了中共有幾艘漁船又到我們的外島轉悠，以及廣東一帶有場大型軍事演習外，沒有任何值得一提的事。事實上這樣的事本身真不值一提，二〇二〇年代以來都是這樣的。我和玉真到一家不錯的餐廳吃了飯，她很高興我記得要提前慶祝結婚紀念日，而我是在她喜悅之情洋溢出來的時候，才明白為何兒子明示暗示這家餐廳的位子不好訂，但絕對值得。

週一一上班，我就被大老闆叫進辦公室。大老闆劈頭第一句話就是：

「你是不是有個老同學，叫作譚嘉茂？」

我一時反應不過來，遲疑了幾秒：「……是？啊，是的。」

大老闆銳利的眼神從鏡片底下射過來，我跟她這麼多年了，很清楚知道接下來絕不會有什麼好差事。大老闆當著我的面向祕書交辦，立刻安排我與譚某人會晤的細節。根據她的說法，中共那邊的特殊管道傳了消息過來，說有非常重要的事情，要我方派個信得過又不會太高調的人，到第三國境內商談。我再遲鈍也該意識到了：幾乎同一時間舉辦的同學會，顯然不只是老同學的一時興起、聊述往日情懷而已。我馬上向大老闆坦承，我上週五才接到譚嘉茂的同學會邀請函，時間就訂在十二月下旬的聖誕節，並且確實約在第三國境內——我的故鄉山村清萊。

我只要答應赴約，這趟私人行程完全可以變成一道掩護，完美到簡直像個陷阱。

但話又說回來，對我設陷阱幹嘛呢？

大老闆略一沉吟，腦中大概也轉過了與我類似的念頭。她點點頭：「那就開始準備吧。」接下來的幾週，直到啟程為止，這件事列為我的第一優先，我和幾個不同專長的國安幕僚每天開會，推演對方可能提出的要求、或者可能要傳遞的訊息，以及我方對此應有的反應和預案。每隔三天，我便要向大老闆報告一次。我必須把所有可能性都記牢，濃縮成一人使節團。這趟同學會可以全額報帳，甚至可以多報玉真和兒子的差旅費——大老闆覺得，我們全家人早個三天回清萊省親，再「順便」參加同學會，也許會更自然一些。

在事前的沙盤推演裡，大老闆問了許多問題，特別是關於我們共同出身的清萊。她出身於書香世家，自幼又愛好文學，自然也讀過鄧克保的《異域》。但就像大多數的台灣人一樣，她並不清楚「異域之後」的金三角是什麼樣子，我簡直是幫她重新上了幾回歷史課。而在某一次報告裡，大老闆忽然問了一個我措手不及的問題，冷不防把我逼回了那似遠似近的少年時代：

「所以，你對譚嘉茂這個人有多了解？」

我不知道。恍然之間，我才發現這一題對我來說，比所有歷史族群的糾葛還困難。我腦子裡首先浮現的竟然是這四個字：我不知道。

*

同學會辦在關帝廟廟埕，清萊人想要大吃一頓的時候，總是辦在關帝廟。如此一來，與會的人能吃得齒頰油亮，沒與會的人也能風聞圍觀種種細節，像是全村都分潤了同一場盛事那般。玉真和兒子依然不愛這種辦桌菜，不過他們都一口答應和我聯袂出席。如果吃到幾塊沾點沙子的油雞，就有藉口逃離一晚上我父親的孤軍反共史講座的話，這樣的代價簡直不能算是代價。

「見到初戀情人可別失態啊，我在旁邊盯著呢。」玉真說。

「媽的，要是有來就中大獎了，我看報名表一排一排都是男的。」

玉真白了我一眼，兒子更是笑了開來，大家心情都很不錯。時間到了，大家陸續入座，開始張三王五的吆喝換名片。為了避免招搖，我沒有用最公版的「國發會研究員」身分，這在台灣十分平淡的頭銜，在今天的任務和場合裡，還是有點太官方了。我挑了一張私人智庫的名片，跟每一個前來招呼的老同學吐苦水：好缺都讓台灣人給佔了，只能被丟到這種冷衙門抄抄統計數據，早知道就跟你們一樣去做生意了。哎話說回來，我也沒有那種生意頭腦啊……

同學會的第一波高潮，自然是主辦人譚嘉茂的致詞了。譚嘉茂口才辯給，不愧是歷練多年的老手，跟當年的青澀少年判若兩人。他感謝大家賞光，願意從世界各地回鄉一聚。接著又說，他幾十年沒回到清萊，很高興進了村還認得路，一切溫暖如昔。說到「溫暖」二字，底下有人忍不住輕笑出聲了，誰都知道他最後離開村子的場面，是絕對搆不上這兩個字的。致詞的最後，他說自己有一個小小的心願，希望各位老同學也能共襄盛舉：他想成立一個獎學金，贊助復興中小學的優秀子弟到世界各地念大學、甚至念到碩士博士。當然，這份獎學金也不會排除想到內地念本科的學弟妹。話畢他眨了眨眼，這下可真是全場炸出笑聲，繼而是熱烈的掌聲。

在第五道菜之後，場面上就差不多全是半醉的中年男子了。我喝在一個剛好的程度，就不再追酒。我知道自己面皮已有暗紅的酒意，走路也略微搖晃，但多年的選舉行程已讓我能在這種外表下，仍保持心智的清醒，可以借酒裝瘋，或裝不瘋。找了一個空隙，我叫住了同樣歪歪倒倒的譚嘉茂。

「譚兄！還記得我嗎？」

開始了。我醉眼半瞇，但專注力全開，不想漏掉他任何一個眼色動態。譚嘉茂先是一愣，隨後笑臉綻開：

「仲華！是你！什麼兄不兄的，嚇死我！」

「來，我跟你介紹，」我轉向玉真，比出大拇指：「這位就是譚嘉茂，我們清萊創村以來，最有志氣的大人物！」

「譚先生，久仰！仲華常常跟我提起你。」

「夫人……這位是夫人吧？公子都這麼大了！好！好！真是聰慧美滿的一家子！你們別聽他胡說八道！我才常常提起仲華呢！當年班上多少人，不靠他的筆記就要吃老師的板子。他那個記憶力真的是，不認識他的人，還真會以為『過目不忘』只是寫書的人謅出來的呢。」

「好了，你別損我了，最後一次畢業考，第一名的可是你哪！」我伸手拍了拍他的肩，觸手之處堅韌如鐵，驚呼出聲：「唷！你這體格怎麼搞的，四十好幾的人，還硬得跟小伙子一樣？」

身旁幾個同學聽到全笑了。只見譚嘉茂對我眨了眨眼，清清淡淡地說：「游泳啊。後來我就迷上了游泳，二、三十幾年從沒擱下的，也就菸、酒跟游泳了。」

游泳？我的腦袋嗡地一聲，彷彿被人兜頭晃了幾晃。山村豔陽高照。果園裡吹出來的涼風。溪澗裡上升的寒氣。我以為是忘了，但其實並沒有忘得很乾淨，在村外溪邊，那剛剛畢業的夏天……我現在，也都還認得路。

一抬眼，譚嘉茂還是似笑非笑看著我。我輕嗤一聲，漫聲帶開話題：

「你一個人來？沒有人要介紹給我們這些老同學認識認識？」

「你別說，我還真的忙到沒有時間。」

「這裡誰不忙？你看我兒子都上大學了。」

「哎，你命好嘛。」

這次換他伸手拍我，不知道他在這一拍之間感受到的是什麼。也就在同時，其他桌也有醉漢開始呼喚他。他露出一個莫可奈何的表情，倏然湊近我耳際：「結束後，到我家聊聊吧？」我作態乜了他一眼，也是趁勢後縮：「你家？」譚嘉茂點頭，再重重拍了我的肩膀三下，瀟灑旋身離去。

我夾了一隻元蹄到碗裡，這時候吃點筋骨複雜的東西，可以幫助釐清思緒。玉真不但心情好，對譚嘉茂的印象似乎也滿好：「他就是在中共當官的那個？」

我含糊地咬著肉皮：「對呀。」

「他不錯，酒品比大多數人好多了。」

「他也有大老闆要伺候，自己先醉了怎麼得了。而且今天他是主人哪，幾百號人都是衝著他來的。」

一直低頭看手機的兒子，忽然開口應了一句：

「我倒覺得，他才像是衝著你來的呢。」

「是嗎？」我把碎骨吐出來：「你又知道了。」

兒子聳聳肩。「你等等會直接走嗎？」

「我先送你們回去，然後還要續一攤。」

「我就說吧。」

「人小鬼大。」

「你就放心喝通宵去吧，我會保護好媽。如果爺爺又開始他的倫理道德講座，我就會跟他請教荔枝要怎麼種，才會這麼甜。」

玉真看我們拌嘴，笑得十分開懷。我能說什麼呢？也就只好翻一白眼以表謝意。

抵達譚家的時候，已經過午夜了。譚嘉茂把我請進客廳，一組茶具已經在桌上冒著水氣。

「醒個酒？」

也沒等我回答，他就開始動手斟茶。整個屋子靜無人聲，只有村內的狗偶爾會吠幾聲。如果不是任務在身，這一切還真像是在拜訪老友。甚至，還真像是回到大學宿舍，有著已經同住多年的熟悉幻覺，只是室友和我一樣已經髮腳泛白。我啜了一口茶，一股濃烈的普洱味淹過整片舌頭，是好久不見，卻又分明熟悉的味道。

「令尊呢？我還以為他會打斷你的腿。」

話一出口，我就有點後悔了。現在不是廟埕上的同學會，應當不需要這麼戲謔的偽裝才是。不過他似乎並不在意，身子往後一靠：

「在裡面睡了。能保住這雙腿，還要謝謝貴黨德政呢。」

「敝黨？」

「是啊。在貴黨的領導下，台獨大業蒸蒸日上，我爸覺得那不是他效忠的中華民國，也就覺得兒子在『共匪』那裡當官，還勉強可以接受了。」

「這可不能單怪我們，貴黨的歷任總加速師也是厥功甚偉啊。」

譚嘉茂聳聳肩：「那是他們，可不是我們。」

「誰們？」

我神經緊繃起來。

「我的長官，你不會不知道吧。」

他說的是卓一鵬，他的頂頭上司，現任的國務院總理。依照中共的權力結構，卓一鵬是二把手，真正大權在握的還是中共中央總書記魏再東。這一點，我們行前的兵棋推演也推敲過：這一次的祕密會面，很可能不是來傳遞「最層峰」的訊息。如果是魏再東要傳訊息給大老闆，多的是各種管道，也不必如此偷偷摸摸。而如今出現「他們我們」之分，更是坐實了我們事前的猜想——譚嘉茂是代表卓一鵬來的，而卓一鵬，根據幾十年來的共黨傳統，往往跟魏再東不會處得太愉快。

想到這裡，我決定單刀直入：「說到這個，我們先把公事談完，再來敘舊吧？」

「敘舊？」他眉眼一挑：「我可不確定我們談完之後，你還會想跟我敘舊。這麼多年，你也沒來過一封信啊。」

「你這不就是開始翻舊帳了嗎，也是一種敘舊嘛。」

「好啊，就從舊帳開始說起。她叫什麼名字？」

「她姓林，林玉真。」

「我猜猜，大學同學？」

「如果你想知道這些，何必問我？你們難道打聽不清楚？」

「你不也在酒席上問我『有沒有人』嗎？」

我嘆了一口氣。

他把茶杯一擱，在桌上敲出了清脆的聲音。接著，他把自己的手機推向我，畫面上浮現了一張二維碼圖片。那是二十多年前流行過的一種資訊傳遞的形式，現在已經很少見了。我抽出公務用手機，行前已整合了各種資料格式的讀取功能。一掃下去，一批圖片就自動匯入了手機，並且下載了一個我從未見過的ＡＰＰ。

「那是一個通訊軟體，加密過的，只有兩台手機一對一，不經過任何第三方伺服器。」

「通訊軟體？我以為我們會在這裡談完。」

「避免你之後又幾十年不來信啊。」

「……如果你要我道歉，你可以直說。」

「聽起來倒像是我在無理取鬧了。」

「好，我很抱歉，不該在畢業之後就放棄，去找一個全村人都不知去向的，離家出走的好朋友。」

譚嘉茂咧開了嘴。這個表情我看得懂，雖然上一次看到這個表情已經幾十年了——這是他今天晚上第一次發自內心的笑。

我點開那批自動匯入的圖片，並不意外，上百張都是掃描檔，是各式各樣的紅頭文件。那血紅的標題格式我並不陌生，甚至連「絕密」二字的加註，也是我日常工作裡常常讀到的。那是中共政府內部的意見溝通與彙整，有時也是指令的布達，我方的情報人員當然會設法多取得這類訊息。然而這批文件我是真的沒見過。最早的一份是四個多月前發出的，那是要求相關單位盤點彈藥、燃油存量的訊息。接下來陸陸續續，是要求各行政部門確認重大災害發生時的應變計畫，包含人員疏散、糧食供應、水電設施、醫療院所的容量……各種盤點的詳細程度，簡直就像是中共預知了之後會再有一個唐山大地震，正在為此準備。

他們當然無法預知地震。

但他們能夠預知，甚至發起，一場跟地震差不多的災難。

我猛然抬頭，對上譚嘉茂那副饒富興味的表情。

他說：「他們真的要開戰了。」

*

這沒道理啊，大老闆說，完全沒道理。

確實沒道理。自二〇二〇年代之後，中華民國政府的軍購計畫從未停過，甚至還經歷了兩次大型的擴軍，將常備軍的數量提升到二十二萬人。在這段期間內，中共的軍力雖然也在上升，但在二〇二二年俄烏戰爭的挫敗之後，他們花了好幾年時間逐步汰除俄系裝備、改換戰術準則，一來一回就蹉跎了十多年，上升的勢頭已遠不如剛剛改革開放的那陣子了。不管是國際關係的觀察家，還是台美官員的評估裡，一般都認為台灣最危險的時候已經過去了。中共的軍力確實大於台灣，但卻沒有大過台灣海峽。也因為這樣，西方國家也將注意力放到新近崛起的幾個非洲大國之上。

當然，中共從來沒有在武統台灣一事鬆口過，每年重大文告還是會提及統一台灣的政策目標。也有部分國內的評論家認為，中共很可能會在二〇四九建政百年之前發起進攻，但從客觀局面來看，縱然他們有這種願望，也遠沒有這種實力。

然而譚嘉茂提供的文件和口信是明明白白的。除了兵力動員之外，幾乎所有準備都做好了。如果他們此刻再發起幾波大規模演習，藉此讓各部隊編成到位，明年四月左右就能發起進攻了。

但這還不是最令人頭痛的。最令人頭痛的，是譚嘉茂把這個消息洩漏給我方的動機。

當天在譚家，我一聽到「開戰」二字，不禁狠狠瞪住了他：

「你別開這種玩笑。」

「我從來沒跟你開玩笑。」

「如果這是真的……好，我相信你，這是真的。謝謝你，你救了幾十萬條性命。」我深吸一口氣，虎地就要起身：「接下來的事情我會處理，真的謝謝你。」

「你坐下。我們還沒敘舊完呢。」

「敘舊？還敘舊？」

「怎麼，這麼大的消息，還不值得你陪我多喝幾杯？」

「……我不是這個意思。」

「你不必急，坐下，差不了這幾天的。根據文件的進度，他們還要好幾個月才能完成進攻準備。更何況，我還沒提出我們的要求呢，難道你以為這些情資會是免費的？」

我伸手扶額。總是這樣，譚嘉茂總是能早我一步，彷彿他都知道我會怎麼說，怎麼做。

也許就是因為這樣，當年他的不知所蹤，才會讓我感到鬆了一口氣吧。這當然是難以對他、甚至對自己承認的。

「你說吧。」

「卓總理的意思是，他會全力促成這場戰爭的進行。」

「你說什麼?!」

「你聽到了。我們並不反對『他們』發起這場戰爭。若要說得更明白一點，可以說，是我們誘導『他們』這麼做的。」

我按下了暫停鍵，大老闆從眼鏡後方瞪著我，眼神大概跟我面對譚嘉茂的表情差不多。從我一踏進譚家，我就開始錄音了。我猜譚嘉茂也知道，他是故意不做任何檢查、不做任何防備的。一方面，這麼駭人聽聞的訊息，還是要讓我帶點證據回去，才能取信於大老闆。

另一方面，他知道我欠他很多，多到不可能出賣他。

譚嘉茂的意思是，卓一鵬早就想鬥倒魏再東。兩派人馬明爭暗鬥多年，已經把魏再東逼到牆角了，卻始終得不到決定性的勝利。而當卓一鵬發現，魏再東私底下跟親信討論發動台海戰爭的可能性時，他知道這是最好的時機了。接下來要做的事情就很單純了：一、保證台海戰爭的發生，以及，二、保證這場戰爭的失敗。只要兩個目標都完成，魏再東就會陷入萬劫不復的境地，別說丟失此刻的權力了，在兩岸版本的歷史紀錄裡，他都會成為千古罪人。而譚嘉茂這條情報管道，可以一次保證這兩項目標。

但問題是，譚嘉茂或他背後的卓一鵬是真心的嗎？

這會不會是另一層次的請君入甕？

「你對譚嘉茂這個人有多了解？」

大老闆又再問了一次。

我不知道。我難道要告訴大老闆，他曾經救我一命——所以我們可以相信他？

當然，往後的研判就不是我一個人的事了。我方的情報單位提升了作業強度，試著從各方蛛絲馬跡來核實情報。從十二月到一月上旬，我們的確看到了中共開始進行各式演習，搭配我們聽了幾十年的各式心戰文宣。但如果真要說跟過去有什麼不同，大概就是兩棲作戰和空降部隊的演習比例變高了。然而這也很難說，這到底真是在進行攻台準備，還是配合今年的心戰主軸所做的調整。

我這樣向大老闆報告。

好，大老闆一手拍板，管他是哪一種，我們也做兩手準備。

老實說，我至今都搞不清楚，大老闆是怎麼說服美國人，讓那些每年都要來盯我們演習的老美，默許我們搞出這麼多不在計畫內的任務。那就不是我的層級可以參與的了。總之，我們開始了針對性的演習，並且把演習搞得好像是為了反擊中共心戰而做的一樣。他們做了兩棲作戰演習，我們就做反登陸的演習，並且要求陸海空三軍都弄一套出來；他們做了空降演習，我們就做反空降的演習，並且把後備兵力與警消的協同配合也叫出來。這麼一來，苦的是本來排好訓練流路的各軍單位，樂的是找到談資的在野黨立委，天天在媒體上砲轟「破壞制度、朝令夕改」。如此正中下懷，大老闆就希望這些動作看起來不像真心的。

而面對叫苦連天的參謀總長、國防部長，大老闆也只好說：你們都講演習視同作戰，作戰有先排好流路的嗎？

幹得好啊，譚嘉茂從公務手機裡的加密ＡＰＰ傳訊給我：「他們」都在嘲笑你們，把軍事演習當作秀場，更堅定信心呢。

你又知道這是我幹的了？搞不好還真是作秀呢。

那也很好。結果是對的就好。

哼。

到了一月中旬，譚嘉茂傳來更多紅頭文件。他們開始動員民間廠商，把起重機、卡車、貨櫃等運輸機具，往各沿海港口送。這些訊息稍後被我方情報人員證實。根據文件和衛星照片所示，雖然福建當面的港口也集結了部分機具，但更大規模的集結區卻設在江浙、廣東的港口，顯然南北兩處才是登陸船團真正的出發地——如果他們真打算派出登陸船團的話。

這一「如果」，很快就不再有意義了。因為，連美國都傳來情資：中共兵力、物資調動異常，很可能已經進入戰爭準備期。

現在只剩一個問題：譚嘉茂所說的派系鬥爭內幕是真的嗎？如果卓一鵬跟魏再東並沒有相鬥，那我們就不能完全相信譚嘉茂的訊息，否則很可能會被引入陷阱裡。

但無論如何，現在開始備戰不會打草驚蛇了，早有媒體把美方的警告洩漏出去。大老闆指示各部會開始研擬戰時應變計畫，但同一時間，也授意幾位同黨立委上各大政論節目，發表一些「我們當然不能輕敵，不過中共攻台可能性還是很小」之類的言論，以此麻痺對方的判斷。大老闆說，這其實就是負負得正的遊戲。譚嘉茂說的是真的，那我們自然要保持外弛內張，誤導魏再東；譚嘉茂說的是假的，我們也要讓他相信我們相信他，結論還是外弛內張。從戰略層面來說，譚嘉茂的情報真不真並不改變什麼，我們要做的事情都一樣；差別是在戰術層面上，我們要照著自己的判斷來部署，以避免陷入埋伏……

也是到了這個時候，我才動了要把妻兒送回清萊的念頭。如果依照中共的準備進度，以過年為由將他們倆送上飛機，應該還是來得及的吧？也不是沒有這樣想過，只是從同學會回來以後，沒日沒夜在研判情報、報告局勢，有時忙得連家都回不了。二來我心底多半也還有點僥倖：就算動員成這樣，只要魏再東哪一天突然神智清明了十秒鐘，他隨時可以取消進攻的。

這麼一忙一拖，我甚至沒空把玉真從娘家哄回來。她這次發脾氣，我還真沒什麼立場多說什麼。兒子告訴我，就在我去譚嘉茂家裡續攤的時候，他們母子倆一進門就陷入父親滔滔不絕的嘮叨之中。玉真酒量很好，心情又不錯，在同學會上多喝了兩杯。那幾杯對她來說甚至不能算是有喝，她到家時一點醉態都沒有。但父親一聞到酒味就發作了，先是說怎麼可以讓小孩沾一身菸酒氣回來，見母子倆沒什麼反應，索性挑明了罵：都當媽的人了，怎麼還喝得醉醺醺的？這是多壞的榜樣！兒子見狀不對，過去拉著父親的手臂，藉著孫子的驕寵地位撒嬌：不是啦，是爸的同學喝醉了，酒潑得滿桌都是，你聞聞看我身上是不是也有？我可一滴也沒喝耶！一陣胡攪蠻纏，總算是把場面鬧開了一些，父親悻悻然回房。不料他進了房裡餘氣未消，繼續和母親抱怨，也不知是故意還是無心，房裡非常響亮地傳來一句：

「嘖，這些台灣人的家教！」

於是，當我正為中共二把手的密使，說出了中共攻台計畫而心亂如麻的當下，玉真「砰」地一聲甩上房門，在臥房裡氣哭了，只留下客廳裡尷尬的兒子。而我如今怎麼也想不起來，那天清晨我回到家，到底有沒有發現玉真的心情？兒子是後來才告訴我發生了什麼事，還是當下就告訴我，只是我聽不進去，滿腦子都是譚嘉茂給的情資，和他那句句不饒人的挖苦……？

隔了這麼久才去安撫玉真已是大罪，一開口就要她回清萊，就算她氣得立刻有了離婚的念頭，也不是奇怪的事吧。

心裡體諒她的一面是這樣想的，但卻也有強烈而蠻橫的另一面念頭：這都什麼時候了，我可是為了你們台灣人的戰爭在賣命啊！

但我沒有說出口。感情上我並不敏銳，然而工作的歷練讓我知道，有些話不說出來，就什麼事情也不會有。現在，重要的是讓我的妻兒離開危險之地，趁著還來得及的時候。我不想在此時背棄培養我的大老闆，更何況我的身分是受到管制的，非常時期想走也不可能。然而他們不一樣，不必冒險留在台灣。

從娘家把玉真接上車的路上，玉真只說了必要而簡短的幾個字。這代表她沒有太生氣，至少沒有劈頭就是一頓脾氣。而她之所以沒有那麼生氣，就代表她還記得，電話裡提到的「T-day」是什麼意思。學生時代，我們一起看了一部彩色修復的二戰紀錄片，裡面提到諾曼地登陸的代號是「D-day」。那年是蔡英文執政末期，台海關係比現在緊張得多，玉真很快就有了聯想：如果中共進攻台灣，是不是就會叫作「T-day」？而當我成為府內幕僚後，有時也會這樣逗她笑：我明天上班時間，會幫妳查查下一次T-day是什麼時候。

「嘿。對不起，我爸的事。但是電話裡說的事情，是真的。」

我從方向盤上騰出右手，按住她的手背。

「確定了嗎……？」

「確定了。可能是四月中旬，也可能是下旬。」

她反握我的手，一片冰涼。

「怎麼會……」

也許是她慌亂無力，異於平常的語氣；也許是她柔弱而緊繃的手。我竟有一股衝動，想對她說出我知道的一切：妳知道嗎，那根本不是一場同學會。妳知道嗎，這其實根本是一場沒有必要的戰爭，跟台灣本身毫無關係。只是這個世界上剛好有兩個無聊卻極有權力的人，他們都覺得自己可以靠一場遠在天邊的戰爭，擊敗近在眼前的對手。妳知道嗎，譚嘉茂講得非常斬釘截鐵，如果沒有意外、天氣與海象良好，T-day將會發生在四月十三日到四月十五日之間，即使不管哪一國政府哪一個陣營，都沒有用「T-day」這個名詞。

妳知道嗎，當年我跟譚嘉茂分開的時候，我就有預感，他一定會以某種我難以承受的形式，再次回到我的生命裡。但我拒絕相信預感，就像人們幾十年來拒絕相信，這場戰爭一定會發生一樣。

「妳不要擔心，我都想好了。距離四月還有好一段時間，妳們趁年假上飛機，一切看起來會很合理。妳就跟兒子說，妳突然想去旅行，你們去曼谷，去清邁，去芭達雅都好。我不在，當然就剩下他能陪妳。然後，妳的爸媽不是一直想去歐洲旅行嗎？我們可以孝敬孝敬，鼓勵他們三月出發，去玩久一點……」

「那你不能一起走嗎？清萊是你的老家，你回家也是理所當然……」

「妳放心，我會在大老闆身邊，那是最多人保護的地方。如果你們留在台灣，也不可能有那麼多人保護你們——我總不能帶著你們去上班吧。而且，抱歉啦，比起躲空襲，我還是比較想躲我爸。比較困難的任務就交給你們啦。」

我晃了晃身上的證件，竭力以一種談笑的語氣說話。不知道是真的被逗笑，還是覺得必須回應我的努力，她總算對我翻了一個白眼。

「那……要告訴兒子嗎？」

「如果他說，要留下來保衛國家，那怎麼辦？」

玉真閉上眼，往後深深靠進座椅裡。

「……對。他會。」

「所以，這也是妳的任務，」我橫過排檔，將她摟進懷裡：「以及籌碼。」

「籌碼？」

「對呀。以後幾十年，只要我爸膽敢對妳發脾氣，妳就可以提醒他：是誰把金孫救回來的呀？」

「嘖！你們清萊人。」

「欸，話講清楚喔，是他們，不是我們。」

車裡的我們都笑了。但在笑出來的那一刻，我的胸口卻閃過一絲酸澀。他們我們，我們他們。那一天晚上，譚嘉茂也是這麼說的。而我當時的反問句，這時候迴力鏢一般擊回我心底：誰們？

*

譚嘉茂的正確率超過百分之八十，是非常優良的情報來源。

軍情局的人是這麼說的，我並沒有計算過。

在我記憶所及，他幾乎沒有說錯大事，頂多在細節上稍有出入。比如中共的第一顆飛彈，是在四月十六日凌晨才射向淡水，比原來預計的日期晚了一天。但這可以解釋，因為前幾天的天氣很糟。他說共軍打算閃電襲擊金門跟馬祖，先奪下這兩個易攻難守的島嶼，再觀察我國政府的態度，賭一次我方會膽怯談和。襲擊是襲擊了，但協同效果並不良好，第一波滲透馬祖的特戰部隊甚至直接被趕下海，還被一個剛巧路過的網友錄影po上網。其他比如共軍以台中、屏東為主攻方向；或者幾波特別大的空襲，是以什麼地方為目標，這些情報都極為準確，幫助我方在戰爭初期獲得不少戰果，鞏固了前幾週的民心士氣。

而居中傳話的我，竟開始升起一種矛盾的心理：我當然希望譚嘉茂給我的情報是正確的；但隨著他一一言中，我已從原本的懷疑戒備，轉而擔心起他的安危了。我方自然是有許多潛伏在各處的情報人員，然而我們「料事如神」的次數一旦多了，難保不會讓共軍開始清查能夠獲得情報的高層……如果我是魏再東，會優先懷疑卓一鵬，從而牽連到卓的下屬，也是非常合理的。

戰事一日烈過一日，我就算擔心譚嘉茂的安慰，也實在找不到時機對大老闆提起——更何況提了又能如何呢？由我方特工營救嗎？為了一個不是我方主動布建、並且身在他們自己的政治遊戲裡的幕僚，讓我方人員暴露於風險之中？我就是想「救」，他也未必想放棄卓一鵬成功上位之後，幾乎必是囊中物的榮華富貴。他可是清萊同學會最有志氣的明星，屆時他的風光睥睨，更遠不是我這個南方島國的老同學所能望其項背的吧。懷著這樣的心思，我除了在不定期的通訊裡叮嚀他萬事小心外，也就沒有任何積極的舉動了。

該小心的是你。他總是這樣回戳一句：現在是誰挨揍的局面還不清楚嗎？是是是。魏再東出拳，蔣志怡挨揍，你們家卓老闆等著領金腰帶。

還說呢，你們刺東方明珠那拳，還真夠疼的啊。

對此我們只能表示非常遺憾，但我們也不知道為什麼東方明珠會垮。

你知道嗎，上面有一家非常好的泰國菜。沒機會請你吃一頓，可惜了。

泰國菜，你在曼谷還沒吃夠？

我大概端過一千盤吧，聞倒是聞夠了。

有機會來台灣，我請你吃一道我最拿手的泰國菜。

喔？情報上倒沒有說，你原來也是有手藝的。

那當然。月亮蝦餅聽說過嗎。

去你媽的。

說真的，我有時候在想，如果我當時和你一起走，不知道這場戰爭會怎樣？

訊息一傳出，悔意就冒上心頭了。再加上譚嘉茂沒有立刻回訊，面對一秒一秒延長的沉默，我不禁暗罵自己：這是哪壺不開提哪壺？過去一直梗在那裡，我們所有的對話卻又巧妙地繞開它，越是隻字不提，越是顯得我們倆心知肚明，實在令人心氣鬱結。其實撞破了也沒有什麼，雖然我每次向大老闆報告，都得把訊息紀錄通通列印出來，以確保情報脈絡之完整。然而上自大老闆，下至與會的每一個國安顧問，也都很清楚我們之間的老友之誼，正是這條情報管道能夠暢通的關鍵。然而理智上知道是一回事，實際上卻又擔心他要是「真情流露」起來，屆時我的尷尬可就不是一點點了。

幸好，他並沒有我這麼莽撞。隔一會兒，他就巧妙撥開話鋒：

不如說，如果我們都沒離開清萊，這場戰爭就跟我們一點關係都沒有了。

難說喔。我家的荔枝應該會滯銷。

還好我爸養豬。

一輩子殺豬拔毛，哪天應該頒個勳章給令尊。

說到勳章，嘿嘿，你有沒有想過：我們倆搞不好，是有資格同時從兩邊拿到勳章的？

對著手機螢幕，我在妻兒早已撤走的空蕩家中大笑出聲，彷彿又重新回到幾十年前的清萊村，沿著靜夜的果園散步回家，沿途笑鬧不忌。譚嘉茂的直覺是對的，如果這場戰爭能夠如計畫那般結束，他是少不了我方這枚勳章的，只是不可能公開授勳而已。而我，老實說並沒有想到那麼遠。戰爭以後的事情不是我負責的範圍。也許大老闆已經想過，和她那些專門思考遙遠未來的顧問。但那跟我沒有關係，我只負責確認現在拿到的情資，要在什麼時候呈報上去。

哈，到時候我們回老家擺一桌酒，就請你爸和我爸，來一場世紀大和解。

送出訊息，我便翻身入眠，一夜也未再聽到回訊的提示音。

隔天是個尋常的戰時日子，整座島嶼緊繃一如之前幾個月，而這緊繃裡卻也有種魔幻的鬆弛混雜著，彷彿人們自行找到了一種全新的平衡，能在這種空襲、彈襲、物資配給與處處崗哨的戰鬥生活裡，繼續若無其事地過日子。就像所有必須上班的職位，我天還沒亮就出門，以避免被轟炸耽擱的風險。進到辦公室，我才再次收到譚嘉茂來訊，是一組加密過後的檔案，以及一句揶揄。果然兄弟記仇，隔夜不晚：

如果你跟我一起走，貴國就收不到這份檔案了。

……這麼說來，我還得謝謝自己當年那麼混蛋。

他傳一個笑臉符號，顯然對我的自嘲頗為滿意。但我怎麼嘗試都無法解讀這份檔案，只得繼續裝乖：

同學，你這不是尋我開心吧？打不開呀。

我也希望只是尋開心。但消息來源告訴我，這檔案出現的時機和單位都很敏感，可能事關重大。你們能不能試試？

已經在試了。我沒說出口，但檔案已同步轉給負責破解密碼的小組。隨著譚嘉茂情報品質的確認，大老闆已授權成立「談資專案」，專案內的人力全部最優先處理來自他的情資。之前也有過這樣的狀況：譚嘉茂拿到一批詭異的資料，表面讀來是一組重複宣示武統決心的文件，但收受單位卻有過半屬於導彈部隊。經過專案小組的破譯，我們最終得到三十四組座標──那是一波針對我方油庫、彈藥庫的襲擊。這為我方爭取了六個小時，將庫房內的資材轉移到地下加固的設施。導彈部隊的轟炸依時依地而至，我方也刻意放鬆情報管制，讓國內外媒體大幅報導了被炸毀、隨之殉爆的庫房畫面。這可以說是一次「皆大歡喜」的局面：我方損失極其輕微，共軍卻以為圓滿完成任務，拿著爆炸的影片大肆宣傳了一波。

這時候，大老闆再向美日歐盟國索討更多油彈武器的支援……

也許共軍終於發現不對勁，於是改換了檔案加密格式？

我沒有花太多心力去想，畢竟今天最主要的工作，是擔任大老闆的隨行。早上大老闆會到衡山指揮所，這我不必跟；但下午的公開行程就是我的分內事了。她安排要到士林的聯醫，去跟志願加入醫療服務隊的護校學生共進午餐。

即使戰事緊張，大老闆還是堅持要有定期公開露面的活動。一來是展現抵抗意志，表示總統從未離開過首都半步；二來也是給各行各業的民眾信心，表示國家如常運轉。在戰爭開始前，大老闆的幕僚群為此已經激烈爭論過，一方生怕共軍趁機刺殺，一方卻認為安撫民心確實重要。最終大老闆拍板的理由是：如果在公眾場合被共軍刺殺，反而會激起民眾頑強的抵抗心，易地而處，相信對方也不會這麼無謀。於是開戰以來，大老闆平均三天露面一次，不但開放記者採訪，甚至在強化防空網的情況下，開放部分的現場直播。至少到目前為止，這些舉措都很成功，讓我方軍民頑強抵抗的影像佔據了全球媒體的版面。

午餐會辦在一個普通的橢圓形會議室，每張桌子前面都有麥克風的那種。大老闆坐在主位，身旁是隨扈和陪同的聯醫高層，再稍遠一些是我們這些隨行幕僚。會議室的其他位置，則都坐滿了二十歲不到、身著藍白兩色醫護服的女孩子。

這時候，我的手機收到了「談資專案」傳來的資料。是早上那份文件的破譯檔。

——大老闆猜錯了。

這是一份刺殺計畫，如果破譯結果沒有出錯，就是現在！

時間對了，場合對了，連地點都對了——譚嘉茂傳來的檔案裡什麼都記載了，就是沒說會用什麼形式進行。檔案上只說：依計畫執行。但計畫到底是什麼？是炸彈？槍枝？可是，這些東西怎麼可能通過安檢？

沒有時間考慮了。我立刻拉過現場的隨扈指揮官，細聲匯報最新情資。很快地，現場的隨扈就開始調動起來。接著我趨前，趁著活動主持人正在念歡迎詞，附耳向大老闆報告狀況。大老闆皺眉望向我，場內來賓也因為一連串的騷動，困惑地注目過來。我知道大老闆的意思：這情報是確實的嗎？作為幕僚，我自然是百分之一的風險也不想冒；但大老闆更不喜歡被媒體拍到臨陣脫逃，最終竟是虛驚一場的畫面。沒有遲疑多久，她便向我揮一揮手，示意我在一旁等待，不要阻礙活動進行。

我只能無奈退到一邊去，以眼神向隨扈指揮官示意，一手扣住藏在西裝外套底下的槍袋。所有隨扈也都繃緊神經，以無線電低聲溝通。

大老闆簡短致詞，感謝全國醫護人員，以及志願投入各地醫療服務隊的民眾之後，活動終於來到尾聲。除了頒贈慰勞品，大老闆也承諾，會在戰後協助所有醫療服務隊的學生，補助他們就學或就業。隨後，醫療服務隊的三十多位隊員走向台前，準備與大老闆領獎合照……

有什麼是醫院裡面有，又能夠通過安檢的東西？

哪一種人，是我們難以事先查核身分背景的人？

什麼時間點，是我們最難排除可疑對象的時候？

心念電轉，我立刻撲向大老闆身畔。事後想來，我這一撲根本毫無理性，我既沒看到誰有什麼不尋常的動作，更沒看到任何帶有危險性的、堪稱武器的物品。只是念頭快，身體卻更快。就這麼一撲之間，我遮擋了大老闆的左側。隨後我感覺自己的後背一痛，像是被蜘蛛或蠍子一類的東西螫了一下。那一瞬間百念叢生：我猜對了，是針，是極低金屬含量的新式針頭；我想要回身扣住那猝然出手、卻因為我的阻擋而功敗垂成的刺客，身體卻不聽使喚地滑落；然後我想起了應該還在等我今天報平安的玉真；最後是譚嘉茂，他的面容從四十多歲的挺拔中年人，漸層剝落剝落，最終回到了十八歲那年，在清萊的溪邊，滿面水痕俯身看我的樣子……

＊

如果我要寫一份戰爭期間的回憶錄，那就只能寫到這裡了。其餘的，都是旁人幫我補充的。

醫療服務隊的副隊長，在父母的逼迫下，攜帶了足以致死劑量之神經毒，裝在特製的消磁囊袋裡。根據後來的媒體報導，那女孩本是不願意那麼做的，但她的父母在戰前便以販毒為業，早已用藥物牢牢腐蝕、控制了自己的女兒。

而我，之所以能用左腿永久麻痺為代價，活著知道此事，則必須感謝我的西裝和襯衫。刺客原本攜帶的針頭，只有穿透兩層薄衣的能力。本來的計畫，是趁著握手領獎之時，刺入大老闆手腕的，那裡最多只有一層襯衫阻隔。但由於我接到情資之後引起的隨扈騷動，導致刺客方寸大亂，匆促出手。針頭刺入我的皮膚沒有多深，便被西裝外套的纖維擰斷了後續的管路，並沒有全劑量注入。

據說，國史館有意收藏那件西裝外套。

不過，最轟動的還是大老闆本人。在我臥病休養的期間，就反覆看了不下百次，當時各家媒體即時拍到的畫面：

在我中針頹倒的瞬間，大老闆竟毫無遲疑，伸手拔出自己的佩槍。現場賓客驚叫四散，大老闆卻在一片混亂之中，很快找到了下手的女孩，用槍指住她。

刺客呆滯在原地。隨扈立即一擁而上。

大老闆持槍戒備，端凝穩重的側臉，立刻登上了全世界主要媒體的封面。

人們看過堅決抗戰的總統，看過激昂演說的總統，看過運籌帷幄的總統，甚至看過駕駛戰鬥機飛抵前線的總統。

但這是人類近代史上第一次，距離扣下扳機只有零點一秒的總統。

即將開槍，甚至比開了槍更好。

這將是新生的「台灣民國」永誌不忘的瞬間。

那都是後來的事了。當時的我，則被後送到泰源療養院度過戰爭的下半場。我幾次逞強想回去工作，卻每每被體內殘留的神經毒整得死去活來，抽搐不止。咬牙養病期間，我有更多時間和玉真、兒子通話。她們過年回清萊，果然又和父親大吵一架，待沒幾天就住到曼谷的飯店去了。直到戰爭開打，父親才猛然醒悟，撥手機給玉真，顫抖著說：「仲華是不是……先跟你們說了什麼？」

玉真在電話裡崩潰大哭。父親結結巴巴，要他們快回清萊，回家之後一切好說。

而譚嘉茂，我卻再也沒從他那裡得到一字半語了。

一恢復意識，我就火急傳訊謝謝他。於公於私，我都該報這個平安。然而我們專用的通訊軟體卻一片靜默。本來不到十分鐘便會回應的他，卻連續好幾個小時沒有音訊。我在病中時夢時醒，每一睜眼就優先檢查APP，並且多傳一則訊息過去。然而APP畫面就像一條平靜而深邃的溪水，話語投進去之後，什麼回聲也沒有，一切就這樣沖刷而去。

嘿，我想你這勳章是非拿不可了。我說。

你是游泳游到昏了嗎。

欸，回答啊。

我又欠你一次了。

嘉茂，你聽見了嗎。

戰爭結束後，「台灣民國」於隔年通過新憲獨立。就像所有在戰爭中新生的民族國家一樣，台灣的失業率居高不下、治安惡化、甚至出現了叛亂性質的武裝團體。不過，任何政治幕僚都會有一樣的判斷：大勢已經底定了。大老闆擔任台灣民國第一任總統，並且承諾不會競選連任，絕不會讓自己執政超過三任。

而在海的另一邊，中華人民共和國還是中華人民共和國。他們損失了大批海軍、空軍與兩棲登陸部隊，更打完了數十年以來的導彈存量。但這都不影響中共政權的穩固。中共中央總書記魏再東任期未滿便主動辭職，由國務院總理卓一鵬代理。隨後，魏再東被指控貪沒軍費，導致開戰之前的裝備妥善率遠低於預期，被抓進秦城監獄裡，此後再無他的消息。

卓一鵬拿到了屬於他的金腰帶。

而在卓一鵬出席各大媒體場合，接受全球記者聯訪的電視畫面裡，卻再也沒有看見應當伴隨左右的譚嘉茂，我十二年的同窗老友。在聯訪裡，卓一鵬重申不會放棄國家民族統一的立場，也不會承認「台灣民國」這個非法政權。縱使偶有逆流，歷史大勢卻像黃河入海那樣，是不可阻擋的。

就算是我方潛伏在敵營內的特工也表示，在聯醫暗殺行動失敗之後，就沒有人聽過、見過譚嘉茂的蹤跡了。轉告我此事的同事沒有明說，但我們都很清楚，事情大概就是這樣了。

當時的暗殺事件鬧得那麼大，大老闆的側臉震動多少國際媒體。即使是即將戰敗的魏再東，也有足夠力量清算洩密者的吧。

甚至，人還是卓一鵬供出去，以作為派系平衡的籌碼，也說不定。

但這一切都不再重要了。這本來就不是清萊人的戰爭，自然也沒有人會在意清萊人最後去了哪裡。

玉真和兒子回國的那一天，我開車到松山機場接他們。一看見我瘸著腿上前，玉真撲到我懷裡哭了出來。我也頗為激動，顛三倒四地說：沒事就好，你們沒事就好。兒子也難得有了鼻音，說話卻還是他們那一代人沒大沒小的樣子：你一個瘸子，有什麼資格說「沒事就好」……

回到家，兒子才拿出一副巴掌大小的鐵盒，搖晃起來喀喀有聲。

「你的老同學寄給你的。」

「什麼時候？」

「爺爺說，大年初六就收到了，但一直到我們要走之前才想起來。」

我接過盒子，重量與體積一樣輕巧。撥開簡單的卡榫，裡頭是兩顆黃銅色的子彈。我握住它們，感覺它們一點一點被我的手溫浸透，感覺它們表面上以手工鑿刻得凹凸不平、筆畫稚拙至極的兩個字。不用看我就知道，一顆寫著「茂」，一顆寫著「華」。

清萊少年的父兄都是孤軍和孤軍的後裔，就是不打仗了，生活行事仍不脫軍旅氣息。於是，清萊少年若有深重之誼，常以子彈為信物來結拜。我們會從父親的床底、從書桌的暗櫃、從堆放農具的倉庫裡，偷出父親小心珍藏、自以為神鬼不知的槍械，取出一顆子彈。從父兄的祕密裡取得一小片，成為我們的祕密，那是以命換命的貴重。

我怔怔握著子彈，險些掉下淚來。

兒子在旁，什麼也沒問，只是拍了拍我的肩膀，給了我一個體解的眼神。

不，他並不瞭解。

他怎麼能瞭解呢，那是連我也難以對自己承認的往事。

三十年前的夏日，山村豔陽高照，果園邊的小溪卻涼風習習。立志前往中原故土，讀中國書、做中國人的少年譚嘉茂，約來了他最好的朋友黃仲華。他們最後一次下水嬉戲，比賽誰最快來回渡溪一趟。兩人誰也不說出心事，但越是隻字不提，越是顯得心知肚明。也許是因為心煩意亂，手腳使勁過猛，少年黃仲華竟然在這熟悉的水域裡抽筋，掙扎著沒入了溪心。譚嘉茂游得興起，一時沒有發現。等到他踏上終點，回身一望，才赫見溪心若隱若現的漩渦……

黃仲華醒來時，只覺周身冰涼刺痛。他的腦袋沉重昏蒙，以至於要過好半天，他才能微弱地喊出另一名少年的名字。他渾身虛軟，平攤在譚嘉茂的懷裡。譚嘉茂俯身向他，背光的顏臉水光遍布，既是溪水也是淚水。那突然進入他耳際的號泣，一瞬傳達了比語言更多的訊息，他猛然知道了好友最深沉也最難言明的祕密，那萬難以任何管道核實的祕密情報。關於自己，也關於一份在山村之中，還沒有任何名詞足以指稱的一種感情。他感到困惑，虛榮，竊喜，與難以承受的重擔。他不知道該如何回應這樣的祕密，卻又覺得必須平衡這一份突如其來的情感。於是他說：

「我不去台灣了。我跟你走吧！」

他們以子彈為信物，約定三天以後備齊行囊，就在同一條溪的同一棵樹下會面。

或許他們應該當下就走的，不該有這多餘的三天。

少年暴起暴落的勇氣，禁不起時間與思緒的考驗。幾日之後，只有一名少年回到樹下，斜背著一滿包行李袋，焦急地等待，困惑地握著剛刻好的兩顆子彈，最終在絕望裡明白了祕密的荒涼與孤獨……

而我，在接下來的三十年，只有在很少很少、罕如針尖的時刻，才會被腦內的自我質問俘虜。

如果我當時和你一起走，不知道這場戰爭會怎樣？

如果我信守承諾了，今天我們會在哪裡？

如果我再勇敢一點，是不是至少能同起同落？

我甩開所有思緒，回到戰爭結束，一家團圓的這一天。我回到房裡，深深擁抱了玉真。她似懂非懂，臉上有著謹慎的溫柔，而我感激她和兒子的不再追問。明天是我復職的第一天，大老闆吩咐了：我還是先回府裡，直到相關事務交接完成之後，才另有任用。大老闆明天則會到國安局舉行儀式，在那面新闢出來的功勳牆上，為所有獨立戰爭中壯烈犧牲的情報元勳，掛上代表他們性命與功業的一顆星星。

我沒有問，那裡面有沒有代表譚嘉茂的星星。

大老闆十分體貼，但大老闆也公私分明，尊重體制。

我能做的，就是將鐵盒收好，將自己的愧疚、遺憾與勳章一併收藏起來。在這場戰爭裡，我是唯一一個能被公開授勳的清萊人。至於其他清萊人，他們在媒體、在官方檔案、在未來的歷史課本裡，都跟這場戰爭沒有關係。但在我的記憶消滅以前，這個世界上至少還會有一個人，知道這一切是怎麼開始，又是如何蜿蜒至今日的結局的。無論如何，我欠他一條命。而以記憶贖債，以紀錄延命，是我餘生唯一能做的補償了。

是為記。

茂

周睿明（b. 2038）

同學會064

年份不詳

蠟筆、圖畫紙

20×25 cm

圖版修復：柳廣成

是陰廟，還是英靈殿：鎮安宮的前世今生

一

二〇四九年二月二十七日，南投鎮安宮於埔里落成。入廟大典當天冠蓋雲集，可說是埔里有史以來最受矚目的一天。時任總統蔣志怡親臨祭典，轟動情景不在話下。此外，外界在意的還有兩人：一是美國駐台灣民國首任大使康芾，她身著俐落套裝，以黑人女性之姿拈香參拜，使埔里鎮民嘖嘖稱奇，至今仍是地方人士茶餘飯後的話題；二是當時的行政院長、擬參選第二屆總統的趙思墨，他刻意換回久未上身的迷彩軍裝，肩線上被子彈掠過的破損之處，正好成為考驗各家攝影記者鏡頭精度的目標。

多年以後的今日，鎮安宮已經成為中台灣最熱門的觀光景點。圍繞著鎮安宮而建的，除了有官方所設立的戰爭英雄紀念碑，更有三家私人的戰爭文物博物館，以及一座正要開幕，以「戰爭證言二〇四七」為主題的虛擬實境園區。雖然有不少評論家曾憂心，這些紀念設施有「將戰爭記憶商業化、淺薄化」的傾向，但不可諱言的，一波波來到此地校外教學的中小學生，一波波抱著憑弔、回味或榮耀感的遊客，確實創造了大量的觀光收入，使埔里居民能在戰後普遍的經濟不景氣中，有了逆勢而漲的榮景。

作為這一切核心的鎮安宮，香火鼎盛是可以想見的。建廟之後的三年內，就有四名台灣銀行彩券得主回捐大筆彩金，指名要重塑神像金身，鎮安宮「全國最靈驗之陰廟」的名聲不脛而走，成為彩迷絡繹不絕的聖地。二〇五五年的一次奇案，更可得見鎮安宮在道上兄弟心中的威望——一夥持槍夜襲台灣銀行台中分行，殺傷兩名保全人員，並與支援警力猛烈交火，最終帶著數千萬贓款飄然離去的搶匪，兩週後忽然現蹤埔里鎮上。警方接獲線報之後，立刻多線跟監，並且調動特警進駐。匪徒七人趁午夜之際翻牆進廟，自以為神鬼不知，豈知一步出廟門，便遭一擁而上的大批特警逮捕。

此案於媒體披露後大為轟動。然而，輿論關注的並不是警方如何抽絲剝繭、終於一舉破案，反而好奇鎮安宮有何神力，能讓一夥亡命之徒虔誠至此，甘冒被抓捕的風險來還願。鎮安宮的官方影音頻道追蹤數因而暴漲，警政署長在媒體受訪時也坦承這種狀況有點打擊警方士氣：「古人告誡我們，為政者不可以『不問蒼生問鬼神』。但古人沒說，如果蒼生都比較想問鬼神，那為政者要怎麼辦？」之後，警政署長更否認了「廟方拒絕配合警方入內埋伏，所以特警只能等匪徒還願之後，才在門外逮捕」的傳言，聲稱警方是考量廟內地形不便於戰術行動，才決定在午夜無人之際、在便於展開優勢警力的廟埕布下警網。然而，此一否認坐實了「警方未入廟」的坊間傳言，更使鎮安宮作為一陰廟的「義氣」傳遍江湖，加添了三教九流人士的信賴。

總之，無論從政治、觀光、宗教乃至於文化的角度，鎮安宮都可以說是戰後社會氛圍的一道縮影。在「獨立戰爭」二十週年的當下，本刊專題小組深入調查文獻、訪談相關人士，推出「鎮安宮的前世今生」主題報導。它究竟是具有國家高度的戰爭記憶象徵，還是炒作民族主義情感的商業標的？作為一「陰廟」，它究竟是值得保存的民俗文化，還是藏污納垢的治安死角？而在媒體間歇性的跟風報導之中，始終罕被提及的在地觀點又是什麼？

二

根據鎮安宮官方影音頻道的《修建緣起》紀錄片，該廟最初並不是為了紀念全國的戰爭英雄而建的。它本來只是地區性的廟宇，是地方人士為了祭祀二〇四七年獨立戰爭期間，在埔里境內戰歿的軍民而籌資設立的。

紀錄片中受訪篇幅最多的，是鎮安宮第一任主委、也同時是戰爭期間的鎮長蘇清源。除了這些公共身分，他還有一個非常強烈的私人理由，讓他對鎮安宮的籌建全力以赴：他的女兒蘇怡婷，正是在埔里陣亡的軍人之一。蘇怡婷生於二〇一一年，年輕時投考軍校，以工兵專長服役。退役之後，蘇怡婷回鄉協助父親的土木工程事業，因為性格豪爽明快，在鄉里之間頗有人望，許多人甚至認為她能接下蘇清源的衣缽，當上埔里鎮長。然而事與願違，二〇四七年獨立戰爭爆發之後，蘇怡婷以退伍軍人的身分加入埔里的城鎮守備隊，負責指揮工兵中隊，最終卻在「埔里事件」中為國捐軀。

蘇怡婷以及數百名埔里軍民的死亡，不但是埔里鎮民深沉的悲痛，更是人們無法理解的荒謬謎團。怎麼看，埔里都不像是會被戰火波及的地方：一來不靠海，不可能成為登陸戰的目標；二來是老化的清閒小鎮，不像大都市那樣有稠密的人口與產業；三來沒有任何值得一提的軍事設施、生產廠房、交通節點和公家機關。雖然台灣腹地不大，理論上一開戰便無前線後方之別，但以現代武器火力之精準與昂貴，埔里確實是沒有什麼值得攻擊的戰略價值。蘇怡婷和她的城鎮守備隊同袍雖然接受國家動員，領取了武器彈藥，但大概也沒有會遭遇激烈戰鬥的心理準備。

「我們在後方不添亂，就是對國家最大的貢獻。」蘇清源回憶道：「以她的專長和資歷，也不可能被調到前線單位。怡婷總是這樣安慰我。」

但「埔里事件」還是發生了。這場被許多軍事研究者列為「獨立戰爭十大謎團」的戰役，至今仍是一個各說各話、令人困惑的主題。

二〇四七年六月，獨立戰爭已經進展到「灘岸阻擊」甚至「城鎮防禦」的階段，台中、高屏的海灘有大批解放軍登陸，全台各地的據點也時時遭到轟炸。在這之前，埔里上空雖常有戰機飛掠而過，但基本沒有遭到攻擊，只有從城市撤回來的避難人潮和越來越緊縮的民生物資，可以感受到戰爭氛圍。

然而就在六月十七日凌晨，一個連的解放軍空降兵入侵了埔里，揭開一切悲劇的序幕。關於這些空降兵為何入侵埔里，至今還沒有定論。地方人士比較採信的是「迷航說」：這批傘兵原本可能是要投向集集鎮的「兵整中心」，破壞我軍軍用車輛的維修、生產基地，只是因為解放軍的運輸機深入腹地，遭遇強烈的電子干擾，導航發生偏差，才使得這批傘兵錯誤地降落在四十公里以外的埔里鎮周邊。反對這種說法的人認為，六月十七日當天天氣晴朗，也沒有證據顯示我軍有出動電戰設備干擾，即便真的有所干擾，解放軍的電子戰能力也不至於如此不濟事。但支持者則認為，就算我軍的電戰單位沒有出手，「也無法保證戰場上沒有其他電戰單位。」這一點，美日軍方始終不置可否，更留下了傳言茁壯的空間。

除此之外，「迷航說」還有兩個具體的旁證：就在當天稍早，集集兵整中心周邊遭到六枚飛彈的轟炸；遇襲廠房起火燃燒後，更有數個不曾遇襲的廠房傳出爆炸。支持「迷航說」者認為，飛彈轟炸應該就是為了軟化守軍，以便後續的傘兵突入。而其他廠房的爆炸，則可能是兵整中心內的叛徒所為——再一次：我國國防部對此一說法亦是不置可否。如此一來，整個進攻計畫的圖像就首尾相連、彼此策應了——如果傘兵沒有迷航，集集兵整中心很可能就會被摧毀、甚至佔領。

無論如何，有上百名傘兵入侵了寧靜的埔里鎮，是不爭的事實。他們午夜時分降落在眉溪南側，沒有遭遇預期的抵抗，迅速整隊集結。也許在這個時候，他們就已經發現事情不太對勁了，因為四周看起來就是一個幾乎沒有設防的鄉間小鎮，而不是計畫中已被轟炸、伏有內應的軍事目標。等他們釐清自己所在的位置，已經過了大半夜，再也沒有時間奔襲兵整中心了。在這種狀況下，解放軍指揮官做出了一個影響數百條人命的決定：他們要進入小鎮，攻佔堅固的據點，防守直到援軍前來解救為止。但另一方面，他們也很清楚，此刻最近的解放軍都還在台中海濱，天亮之後更是不可能期待有直升機來接走他們。他們這支深入台灣島腹地的孤軍，基本上只能靠自己了。所以，他們要找的建築不但要易守難攻，最好還能讓台灣守軍投鼠忌器，無法以重武器轟炸……

於是，他們佔領了埔里基督教醫院。也就是現在鎮安宮的所在地。

「埔里事件」恐怕是獨立戰爭之中，最廣為人知的戰爭罪行。埔里基督教醫院本來有大約三百座病床，因為要接應戰時後送的傷患，已超額收治了五百多名住院病患。同一時間，為了照顧這些傷患，也有比平常更多的醫護人員在此輪班。因此，當解放軍進攻這個理論上不可能遭到攻擊的「目標」時，醫院毫無抵抗地陷落了，六百名醫護和病患立即淪為人質，被近百名全副武裝的軍人牢牢控制了起來。

根據事後統計，光是解放軍一開始的佔領就造成了二十多名醫病人員的死亡。而在後續他們控制醫院的兩天之內，這個數字更是因為人為的醫療體系崩壞、戰鬥的波及傷害與其他原因而倍數攀升。六月十七日清晨，接獲訊息的埔里城鎮守備隊立刻整裝出發，封鎖了醫院旁的中山路、鐵山路與梅村路，但由於火力、訓練都不如院內的解放軍，再加上大批人質在彼，雙方只能隔著街道僵持。再過一段時間，記者與憤怒的家屬群集醫院周邊，更是將這支傘兵孤軍圍得水泄不通。

當時的城鎮守備隊大隊長，也是退伍士官的李俊宏回憶道：

「消息很快就傳出去，埔里突然從一個樂活小鎮，變成全世界媒體最關注的戰場……我們等於活生生看著自己的家鄉變成地獄，而且全程直播。」

而關於解放軍的行徑，他至今仍有強烈的憤怒：

「很多人說，那支傘兵也是為了保命才去攻佔醫院，這種看法我不能苟同！從軍事上來說，不管你挾持了多少人質，只要你停滯在一個地方，遲早都是會被殲滅的。南投腹地寬廣，我軍在此部署的兵力也不多，他們就算不想投降，化整為零四處逃竄、保持機動，活下來的機會都比強佔埔基要大。所以，我從不覺得他們的決定是為了保命。」

「他們早就知道自己死定了。他們只是不甘心，純粹想要多殺幾個人墊背！」

在李俊宏眼中，他們就是一群失去理智的暴徒，甚至沒有資格被稱之為軍人。而從中國政府的反應，或許也可以解釋為何這群傘兵這麼輕易便拋棄了文明國家的交戰守則，犯下殘忍的戰爭罪。埔里意外遭入侵的消息傳出之後，中國政府第一時間便否認策畫此次軍事行動，並且暗諷台灣軍方自導自演。研究兩岸政治的學者認為，中國一開始的否認可能是為了掩飾突襲兵整中心的祕密行動——這一意圖並不算失敗，因為至今我們都無法確定兵整中心到底是不是該部隊之目標——，而當後續越來越多病患因為斷藥、斷電死亡的消息傳出，越來越多民眾錄到院內傳來不明的步槍掃射聲、甚至開始有不明的屍體被丟出窗外的影片，中國政府更不能承認這是他們派出的部隊。

這也是為什麼，現在談到埔里事件的眾多文獻，都只能含糊地稱呼「那支傘兵」、「那支部隊」。由於種種因素，我們到現在還無法確認他們所屬部隊的番號，究竟是哪一個單位、哪一些士兵犯下了這些暴行？同樣的，就算是這些士兵遠在中國的家屬，恐怕也不曉得家中子弟最終的埋骨之地，竟是埔里鄉間的鎮安宮吧。

三

那支傘兵部隊的資訊之所以如此殘缺，最直接的因素就是：他們全數陣亡了。不但沒有被解放軍的援軍救走，也沒有傷兵，沒有俘虜，更沒有任何一人活到戰後，能夠提供哪怕是極不公正的第一手說法。

時間回到二〇四七年六月。事發當天清晨，城鎮守備隊被緊急動員起來，在醫院附近的街道構築路障。根據蘇清源的回憶，那天天還沒亮，蘇怡婷只說了聲：「好像有敵軍來了。」便匆忙出門。很快地，蘇清源也收到了鎮公所傳來的消息，要他盡快疏散醫院一帶的民眾。當時他們還不知道是醫院本身被佔領，以為疏散是為了避免轟炸。蘇清源在夜半昏蒙的狀態下，還不斷反問幹部：「那裡不是醫院嗎？他們要炸醫院？」一直到更多的現場情資出來，他們才意識到事情比被轟炸要嚴重得多。電話在埔里鎮與南投縣府之間來來去去，但沒有人知道該怎麼辦。埔里基督教醫院收容了大量的在地病患，消息在午前擴散開後，蘇清源更是忙於應付大批情緒崩潰的家屬，連傳個訊息給女兒都沒辦法。

相對的，軍方的反應比沒有預料到會遭受攻擊的南投縣政府快得多。台中軍團指揮官立刻指派一支隱蔽在南投的機步旅負責，先遣一批部隊前往查看。因此，當蘇怡婷匆匆忙忙收集了所有可以拿到的路障、沙包、雞爪釘，用城鎮守備隊僅有的幾輛卡車送到醫院，還正頂著豔陽布設，就已經有兩輛我方的步兵戰車和一小隊援軍抵達現場了。這支機步旅本來是台中軍團的預備隊，躲藏在附近的陣地裡，準備隨時馳援台中海岸線，不料第一戰竟是在埔里山城展開。他們一到現場，便啟動小型無人機，在空中不間斷地偵查敵情。

「看起來是沒有打算走了。」

這句話，意外被錄進一支無人機拍攝的影片，現在仍存留在網路上：無人機盤旋醫院四周，時不時便能看見窗戶內走動的解放軍身影。

那一整天的氣氛之詭譎，是當時在場者都印象深刻的。我方現場的指揮官幾次對醫院內喊話，呼籲談判、投降，卻沒有得到任何回應。相應的，包圍圈外的民眾卻越來越激憤，一下咒罵解放軍，一下又對我方官兵怒吼，責問為什麼不立刻進去救人。守備大隊長李俊宏一開始還忍耐著，後來終於受不了，指著一名叫囂最兇的鄉親說：「好！我現在就讓戰車開砲，要打哪一間病房，你說！」一時之間，群眾沉默下來，本來被掩蓋住的哭聲卻倍數地放大了。

就在這難熬的一刻，蘇怡婷走向李俊宏：「我剛剛聽說一件事，」她壓低聲音：「是隊上在傳的。」

她指著鐵山路的方向。埔里基督教醫院的院區，隔著一條鐵山路，與同一醫療集團的「愛蘭護理之家」相對。雖說只隔了一條路，但因為地勢的關係，道路的兩側都是高達七、八公尺的護牆。這讓醫院跟護理之家，變得像是兩座山中間夾了一條深深的溪谷。這是不幸中的大幸，一路之隔，就讓護理之家的老人家免於淪為人質。然而蘇怡婷告訴李俊宏，這條「溪谷」並不是隔絕的——幾位曾經在護理之家工作過的隊員說，道路下方其實有一條地道。這條地道，本來是為了方便護理之家的老人家回醫院複診，不用每次看病都大陣仗開車接送而開的。但在幾年前，由於一場嚴重的地震，地道結構歪斜、產生裂縫，院方就把它封起來了。

「那時我們覺得，這會是一張王牌。」當日率部支援的黃營長，在回憶錄這樣寫道：「我們只要確定：一、這條通道還沒完全坍塌，可以走人。以及，二、敵人沒有發現這條通道，沒有打算從這裡溜走，或者布下陷阱。」

黃營長完成現場部署，並且指派麾下工兵與蘇怡婷合作，確認地下道還能重新啟封，除了空氣稍嫌污濁之外，沒有什麼大問題時，已接近第一日黃昏了。期間，南投縣長來巡視過，行政院副院長也來看過一遭，現場更是有越來越多操著南腔北調的外國記者試圖穿過封鎖線。黃營長心想，如果有哪個記者聽說了護理之家的密道，十之八九會立刻混進去……那事情就麻煩了。現在，不管是來自上頭的壓力、還是來自民眾的壓力，都讓立刻開砲、無視傷亡而攻堅，越來越成為一個可能的選項。

根據台中軍團的日誌，軍方確實在當天就擬定了最壞情況的方案——如果醫院內傳出爆破聲，或者有過度密集的槍聲，又或者超過二十四小時敵軍仍無任何回應，軍方就會動用特種部隊開始攻堅。屆時，黃營長的部隊將會在步兵戰車的掩護下逼近醫院，吸引敵軍的注意力，最好能誘使他們開火。同一時間，特種部隊便會搭乘直升機從醫院頂樓機降；而黃營長也會另外派一支分隊，從地下道突入醫院……

「殲滅敵軍不是問題，他們是傘兵，不會有太多重武力。人數也不多，不可能控制這麼大的院區。問題是，我們願意付出多少代價——特別是平民傷亡的代價。」

幸好，黃營長的憂心沒有立刻驗證的機會。院內的解放軍在黃昏時分，第一次發出了訊息。他們將院內的廣播系統開到最大，直接向我軍的包圍圈喊話。訊息內容簡單直接：他們手上有五百三十九名病患，一百一十二名醫院員工，包含前晚加班的謝院長；他們要求一輛卡車的飲水和糧食，我軍可以把車開進院區，停到醫療大樓前的廣場，再讓司機步行離開。他們承諾不會對司機開火。

一上來就要吃的，這是把醫院當自個家了？黃營長即使怒火攻心，面上仍沒洩漏一絲表情。一旁的李俊宏心裡七上八下，不知該擔心黃營長斷然回絕敵軍要求，還是該擔心黃營長太輕易答應所有條件。幸好，黃營長選擇了第三條路。他透過營部的心戰車喊話回去，既是給對方聽，也是給在場的民眾和記者聽。

——兄弟，你們得拿點誠意出來。

那是事件第一次露出解決的曙光。一小時後，一卡車的物資送進院區，換了一卡車由謝院長照顧的老年病患出來。

然而，這批獲釋人質帶來的希望，卻無法抵消謝院長帶出來的壞消息。

「裡面很慘……你們不能再等了！打進去，越快越好……」

黃營長回憶當時見到的謝院長：一名頭髮銀白、毫髮無傷的健壯長者，瞳孔卻有深不見底的恐懼。他說不出什麼有組織、有意義的情報，只是反覆要求軍隊快打進去。他是南投縣內頗受敬重的名醫，數十年來在手術室裡活人無數，如今卻顯然過度驚嚇而近乎癡呆。黃營長有強烈的不祥預感，但無法從謝院長口中問出什麼，送出來的那一車病患不知道是原就重症，還是也受到驚嚇，沒有一人是能夠正常溝通的。

數週之後，還等不到戰爭結束，這位篤信上帝的埔里基督教醫院謝院長，竟就在家中自殺身亡。此事喧騰一時，有不少人懷疑他的死亡是否另有隱情。但黃營長每每談及此事，總是長嘆一聲：「對他來說，這恐怕還是比較好的一種結局了。」

現在的鎮安宮裡，便有一區供奉了亡故醫護、病患的靈位，謝院長也名列其中。雖然宗教信仰不同，但這並不妨礙地方人士感念謝院長，希望香火長祀不斷的心意；而家屬明白這種心意，也就通融其事，成為台灣多元宗教融合的又一案例。從後見之明來看，謝院長那句語焉不詳的話，確實改變了軍方的步調，挽救了上百條可能犧牲的性命：本來這一次成功的交換，應當成為後續談判、以求和平解決的基礎。但如果院區內有急迫的人道危機，諸如屠殺、虐待、性侵害之類人們得以想像的事態正在發生，那就不能無止境拖延下去，寧可忍受一些必要的犧牲而速戰速決了。

更何況，對方或許也會預期，這次交換能讓我軍放下強攻的企圖，因而鬆懈戒備。也就是說，這可能是最佳的突襲時機了。

四

六月十八日凌晨四點左右，「埔里事件」最核心的戰役爆發了。

在那之前幾個小時，埔里基督教院區內頗不平靜。不同角度的無人機都拍攝到院內有駁火、打鬥的畫面，槍聲更是不定時從院內傳來。若非我方非常確定，醫院內從一開始就沒有任何衛戍部隊，這聽起來簡直就像院內的守軍還在抵抗。既然沒有守軍，槍聲與搏鬥到底是因何產生？敵軍對民眾的屠殺？還是敵軍產生了內鬨？然而，在敵軍切斷所有通訊線路，也不應答所有喊話的情況下，外界全然無法判斷。

如此事態，促使軍方下定決心進攻了。

一切依計畫進行。無人機在過去十多小時內，已對埔里基督教醫院進行無間斷的偵查。透過紅外線熱成像儀的掃描，可以清楚區分每一樓層「臥病」與「走動」的人員數量。接著，情報單位再從熱成像的「走動」人員輪廓裡，分辨出攜帶武器的軍人與醫護等工作人員，由此判斷各個樓層、區域的敵軍布防情況。

令人擔憂的是，也就在這十多小時內，醫院內能夠掃描到的熱源已減少了兩成。考量到院內本應有七百名左右的各種人員，這並不是一個小數字。

凌晨四點整，黃營長轄下的六輛「雲豹－II」甲車從梅村路逼近醫院正門，並且伴隨一定數量的步兵，開始佯攻任務。「雲豹－II」以機砲轟擊可能躲藏哨兵的周邊小建物，並且逐步向主建築推進。這些裝甲車配備了主動防禦系統，以抵擋敵軍可能攜帶的輕型反裝甲火箭。迫近到接戰距離後，「雲豹－II」便對敵軍最密集的一樓大廳與四樓院長室位置開火。密集的機砲擊碎窗戶、磚瓦，即便是在夜色之中，也能看見塵土飛揚。

此時，院內的敵軍終於開始反擊，輕機槍、步槍、手榴彈傾灑而出。黃營長下令部隊持續施加壓力，但不必再往前推進了。同一時間，盤旋各處的無人機開始點算反擊的火力點，試圖找出還有多少隱藏未發的敵軍。不過，此前暢行無阻的無人機，卻幾乎同時受到強烈的電磁干擾，紛紛斷線墜毀。在五分鐘之內，三架在空的偵查無人機全部陣亡。黃營長立刻下令終止無人機偵查工作，顯然敵軍早已準備了干擾設備，要在開戰的一瞬間軟殺我軍的耳目。

事已至此，就算沒有無人機的支援，行動也不可能終止了。就在醫院正面激烈交火的時刻，兩架直升機迅即飛抵醫院屋頂，降下了二十多名涼山特勤隊的成員。這支特種部隊在二〇四七年的獨立戰爭中大放異彩，屢屢進行滲透、暗殺、敵後破壞作戰，自然也沒有在「埔里事件」缺席。或許黃營長的正面佯攻效果出色，真的吸引了敵軍所有注意力；也或許是敵軍本就兵力不足，無暇應對來自空中的威脅。無論如何，涼山特勤隊落地的那一刻起，醫院攻堅行動的結果就已經注定了。他們就像是切入奶油的熱刀那般，從後方擊破了解放軍臨時構築起來的防線，使之腹背受敵。如果沒有發生意外，我軍或許可以在極度輕微的傷亡之下，完成奪回醫院的任務……

意外是在第三條戰線發生的，也就是從「愛蘭護理之家」潛入院內的那條地道。這裡的主力部隊，是黃營長麾下的一排步兵，以及數名自願前往、熟悉地形的埔里城鎮守備隊隊員，包含了大隊長李俊宏和負責啟封地道的蘇怡婷。

這支分隊的任務有二：如果遭遇敵軍，則發動突擊，與涼山特勤隊協同，一上一下肅清院內殘敵。一旦這條戰線也開始接戰，黃營長正面的部隊也會發起衝鋒，力求以三面攻擊瞬間壓垮敵軍。如果沒有遭遇敵軍，則盡可能保持地道暢通，以此優先救援院內平民，能拉多少人出來算多少。

「當然要戰鬥，我們也是不會退讓的。」李俊宏回憶當時的決策：「但黃營長的指示是，城鎮守備隊的隊員都是埔里鄉親，跟院內的平民比較好溝通，也許可以加快救援效率。這才是讓我們參與的主因，否則大可以只派正規軍殺進去就好。」

李俊宏全程參與了地道方面的行動，也因此留下了寶貴的第一手經驗。在蘇怡婷的帶路下，突擊分隊穿過勉強能容一人通過，堆滿霉溼雜物的甬道，抵達醫院下方的一道鎖死的暗門。此時地面、屋頂都已砲火四射。趁著噪音的掩護，士兵炸開暗門，成功突入了醫院地下室。根據蘇怡婷搜集到的情報，這座位於地下三樓的空間，已經變成醫院儲藏雜物之處，堆放著損毀的病床、報廢的器材乃至於待銷毀的病歷檔案。然而，當突擊隊員小心翼翼，戒備著敵軍埋伏而掃蕩這個區域時，才發現事情跟預期的完全不一樣。

「我一進去，就聞到一種奇怪的味道，很悶，一開始還不覺得怎麼臭，但很快就覺得頭暈想吐。」

地下室一片漆黑，唯有突擊隊員的槍燈能夠照明。光線一輪掃過去，李俊宏看到了令他血液凍結、畢生難忘的景象。

沒錯，這裡的確是雜物間。但在那些殘骸般的雜物之上，散置著上百具屍體。沒有心理準備的李俊宏，在那一瞬間首先升起的念頭是困惑：難道，這裡也是醫院的太平間？但眼前的畫面立刻否決了這個念頭：這些屍體是被隨意棄置的，肢體糾結扭曲地挨擠在髒亂的雜物之中，呈現出生者絕不可能做出的角度。並且，這些屍體無一例外，全部裸體，身上的傷口、血漬、破碎的皮肉和糾結的毛髮，即使是在晦暗的燈光照射下，也都歷歷可見。李俊宏一瞥過去，終於明白剛才聞到的氣味是什麼了。他忍不住閉上眼壓抑嘔吐的衝動，但就在那短暫幾秒內看到的畫面，便已永久地鑿刻在他的記憶裡了。

「現在想起來，那絕不只是槍殺的。子彈進去是一個孔，轉出來會把傷處攪得血肉模糊，但終究是有一個固定範圍的，你會知道是哪幾槍致命的。可是那些……罹難者，他們身上卻有無數『不必要』的傷口：五官被鈍器打到歪斜滲血、非致命部位的各種切割傷、斷折成離奇角度的脊椎和四肢、下腹部位被穿刺到血爛，以致無法辨認性別……」

「還有人說這些王八蛋是為了保命？我真後悔當時沒有立刻拍幾張照片，讓這些人看看他們到底說了什麼。」

「……我只希望，那些傷口都不是生前留下的。」

很不幸的是，院內倖存者的口述並不支持李俊宏的願望。那些「不必要」的傷口，乃是院內解放軍內部的「比賽」。這批傘兵控制醫院之後，一開始雖然殺傷了不少反抗者，但對於其他驚嚇呆滯的平民並沒有加害的意圖，僅僅將各區域封鎖起來，禁止各樓層、各病房區之間的人員流動，以方便看守。然而，隨著時間過去，不同區域的醫病人員，都發現解放軍內部陷入了爭論——部分敵軍認為應該以醫院的人質為籌碼，向我軍談判，爭取更好的投降條件；但另一部分敵軍則堅持投降是恥辱，而且會讓留在大陸上的家人陷入萬劫不復的境地。

爭論沒有維持太久。我軍在院外聽到的最初幾波零星槍聲，就是這場爭論的結果：投降派試圖以院內電話聯絡我軍，卻被死守派發現，最終以七、八名投降派軍士被擊斃而告終。為了翦除後患，死守派徹底破壞所有通訊線路，收繳了院內所有手機並且銷毀。死守派的首領，正是該行動的總指揮官。在重新控制局面之後，有護理師聽到他對全隊發表的談話：

「現在，我們眼前的就只有壯烈犧牲一條路。這不只是為祖國而犧牲，也是為了我們的家人！」

那時已是六月十七日的中午左右，他們在院內已能觀察到雲集而來的記者們。他們相信，即使中國政府明面上不會承認這次任務，也能從媒體上看到他們死守到底的決心，因而以烈士遺族的規格，善待他們的家人。

他們的願望是否成真，我們很難確定。不過，如果我們檢視中國軍方戰後公開的「烈士」清單，會發現每一位登記在列的「烈士」，都有明確的部隊番號，也能從我軍的交戰紀錄比對出來。而這些「烈士」當中，並沒有任何一人陣亡於南投縣埔里鎮。當然，這既然是中國政府不願意承認的一支部隊，那自然不會在「烈士」清單露出破綻。至於中國政府有沒有以其他名義撫卹這批傘兵的遺族，這些「死守派」的愚忠究竟有沒有意義，就不是我們所能得知的了。

對「死守派」來說，院內的局勢暫時穩定，但他們的心理狀態已大受影響。也許是出於死期將至的癲狂，也許是為了以更激烈的對外行動，來保證全體人員的忠誠與團結，他們開始了「比賽」。一開始，只是個別士兵的暴虐行為，他們會挑選自己看不順眼的人——面露反抗神色的醫護、呻吟不止的病患，或根本沒有任何明顯原因的受害者——，以槍托、軍靴毆擊，直到筋骨碎裂，受害者再也無力發出聲息為止。這些士兵犯下暴行後，便會鼓勵身旁比較資淺、階級比較低的士兵加入；如果對方拒絕，便會被指控為同情「投降派」，也遭到拳打腳踢。

當虐殺與政治忠誠連結起來，荒謬的局面便形成了：虐待的手法越是殘酷，就越能證明死守意志之堅定，當所有人都犯下同樣程度的罪行，也就將他們緊緊綁在同一條船上，不僅置生死於度外，更是置一切倫常與人性於度外，只剩下彼此的瘋狂。於是，在幾個小時之內，虐殺人質的行為就像疾病一般感染了每一名解放軍。虐待的手段也不斷升級，從鈍器的毆打，到刀具的零碎切割，甚至刻意以手槍射擊非致命部位，只為了觀賞罹難者的呼號取樂……根據院內倖存者的說法，這場「比賽」是刻意公開的，瘋狂地在醫院的每一個角落、任何時間隨機發生。他們不怕被看見，更不怕暴行激起反抗。毋寧說，如果有人反抗更好，那就省去了挑選下一個目標的心力，讓「比賽」能夠綿延下去……

不過，這一切都必須等到「埔里事件」結束，我國啟動戰爭罪行調查之後，輪廓才漸漸清晰。李俊宏、蘇怡婷伴隨突擊隊進入醫院地下室時，只能看到結果，而無法知其因由。李俊宏回憶當下，覺得有一種「時間靜止」之感，彷彿整支突擊隊都被過於巨大的災難給凍結了，一時不知所措——是否要確認現場還有沒有生還者？是否要將屍體接運出去，換回亡者最後的尊嚴？還是要一鼓作氣攻進醫院，為這些罹難者復仇？還是……應當強忍悲痛，繼續搜索其他區域，將倖存者救出去？

「你們可能覺得很好笑，這有什麼好猶豫的？不管怎麼樣，選一件事做就對了，不要浪費時間嘛！」李俊宏說：「對，如果沒有親身經歷，我也會這麼想。但當下就是沒辦法。腦袋告訴自己要動，趕快動。但是身體就是不聽使喚，因為腦袋也失去指揮能力，不知道該往哪裡移動。」

於是，當李俊宏回過神來，意外已經發生了。不知是哪幾位先從震撼中回復過來的士兵，在沒有命令、不假思索的情況下，決定靠近去勘查屍體。他們把步槍背回肩上，好騰出兩手，解開那些糾纏破碎的軀幹。那些屍體彼此結繞，凝固的血肉將它們黏合得像是生來如此。李俊宏有一股不祥的念頭升起，但還沒化為具體的語言，就聽到帶隊的排長暴喝一聲：「別——」

話音未完，屍體下方的詭雷迅即炸開。李俊宏感覺到爆風與破片迎面而來，先穿過了較近的蘇怡婷，然後才兜頭撒在他身上。

「怡婷當場陣亡，」整場訪談裡，李俊宏第一次直呼未婚妻的名字：「她站在我的右前方，所以，我還保住了右眼。」一邊說，他一邊按壓自己左臉上的義眼。那隻眼睛沒有視力，也沒有痛楚，當然也就沒有流下任何一滴眼淚。

五

「埔里事件」最終獲救的病患、醫護及相關人員，總共是一百八十九人。但死亡人數就相對沒那麼確定了。從事後的鑑識調查中，可以確知九十三名解放軍傘兵全數陣亡，而我方的平民罹難者則在四百五十人上下。這個數字是以住院人數，以及陪病家屬為基礎推算出來的，但醫院屬於開放場域，有沒有其他進出人等正好被困在院區內，是難以保證的。而在激烈的戰鬥、爆炸及解放軍慘酷無人道的戰爭罪行之後，要在人間煉獄一般的現場精確清點罹難人數，也幾乎變成不可能的事。

這種不確定感，也就成為埔里地方人士籌建「鎮安宮」的心理根源。

「鎮安宮」在民俗的分類上屬於「陰廟」。這種源遠流長的信仰系統，最早可以追溯到清治時期。當時，許多漢人移民來台，因為各種原因意外死亡後，在台灣既無親屬能夠祭祀，也無力遷葬回鄉。從民俗上說，這種無人祭祀的孤魂野鬼，將成為「厲」來作祟。因此，官民出資建廟，使這些幽怨的鬼魂有香火可享，不但不再作祟，還能化為保佑信徒的一股力量。

由此來說，「埔里事件」確實產生了一批「無祀孤魂」。解放軍的鬼魂自不待言，在中國政府不承認他們存在的情況下，不會有任何形式之紀念，這些人的家屬可能至今都不曾收到陣亡通知。即使是訊息透明公開的我方軍民，也有一定比例的黑數，是既不曾以「戰爭英雄」頭銜被國家紀念，也未必被家屬認知為死亡而入祀家中牌位的。

「這些無祀孤魂，就會成為一股不安定的力量。」

埔里地方頗負盛名的靈乩鄭老師這麼說。

雖然在二〇六七年的今日，再去談論這些怪力亂神之事似乎有些不合時宜，不過，這確實是鎮安宮之所以能在極短時間內建成，並且迅速發展為全國知名的大型廟宇之基礎。

「埔里事件」落幕後兩個月，盛夏的烈陽與颱風也加入戰局，徹底截斷中國部隊最後的生路。不得不承認失敗的中國政府，終於簽訂了停戰條約，開始協調撤軍、換俘、賠償等等事宜。也就在二〇四七年年底，立法院以壓倒性的票數通過了新憲法，「台灣民國」正式成立，並於二〇四八年三月進行第一屆總統與國會議員之選舉。

在這天翻地覆的時刻，「埔里事件」仍時時被輿論提及，作為英勇抵抗、無辜受害、戰爭罪行或其他種種戰後論述的象徵。然而，埔里鎮本身，則帶著巨大的創痛，回到了戰前緩慢、清冷的步調。軍隊離開，記者散去，罹難者家屬陷入漫長卻註定被社會淡忘的哀痛之中。戰後，埔里基督教醫院關閉，病患轉診、醫護轉任，誰也不願意在這樣的戰爭遺址裡逗留。舊院區幾乎保留了戰鬥之後的斷垣殘壁，從昔日照護家中長者的溫暖據點，一變而成為陰森可怖的禁地。

然後，便開始了鬧鬼的傳聞。

——某日深夜，埔里鎮上的一組警員駕車巡邏，中途聽見無線電告知某處疑似幫派火併，召集員警前往支援。警員不敢怠慢，全速奔赴事發地點。當兩人下車查看，才赫然發現自己置身於廢棄的埔基院區正中央。事後查證，那晚並沒有任何類似的報案訊息，而兩名員警記得自己聽到的不是埔基地址，卻完全講不出聽到的「某處」究竟為何，又是怎麼在全程清醒的情況下，駛進明知空空如也的廢墟之中的。

——消防隊也傳出類似事件。連續三夜的晚餐時分，消防隊接獲民宅瓦斯氣爆的消息，緊急出動。不管報案地點為何，消防車最後都會鬼使神差地停在梅村路正門，與彈痕處處、水泥破碎、鋼筋外露的舊院區遙遙相對。經過前面兩天的詭譎經歷，第三天再接到報案電話時，值班隊員驚疑萬分，正不知該不該派車之時，電話裡傳來清晰的爆炸聲與受傷的慘叫聲……

——包含鎮長蘇清源在內，數十名鎮民都宣稱他們接到埔里基督教醫院的電話。電話裡傳出預錄好、配著襯樂的客服腔調，內容大同小異，都是以醫院視角，宣導家屬探病的規則：諸如不可攜帶刀械等危險物品、必須從醫院規定的正門入院以利人流管制、請勿在午夜十二點到早晨九點之間探病。問題是，埔里基督教醫院在「埔里事件」之後早已停止運作，所有醫護人員均已轉任其他院所，不可能有任何部門會打這通電話。

種種明確指向埔里基督教醫院廢棄院區的傳聞，再加上地方知名人士言之鑿鑿的證詞，使得小鎮居民興起了修建陰廟以袚除厲鬼的輿論。當然，以上傳聞都還可以解讀為家屬過度傷心，因此將情緒投射成靈異傳說；甚至也不排除每一則傳聞，都是特定人士以電話惡作劇的結果。採信這些說法的人，自然會認為以陰廟壓制怨靈的論調，純粹是勞民傷財的愚昧之舉。

然而，就在兩派耳語在地方上僵持不下時，一起命案徹底改變了全體鎮民的態度。

二〇四八年二月二十七日下午，埔里警方接獲報案，說有一群青少年進入廢棄的埔基院區。經歷了人心惶惶、傳聞不斷的大半年，值班員警一聽到又是埔基，便下意識覺得可能是惡作劇。然而，由於當時仍屬日頭高掛的午間，也由於監視攝影機確實拍到一群青少年出沒在附近路段，埔里鎮派出所還是立刻派員前往。這次，三輛警車是在神智清醒的情況下開進院區了。也幸好警方沒有過多猶豫，當他們抵達現場時，還來得及阻止正分成兩個集團、總計十七名國高中生的械鬥。他們以戰後流入黑市的手槍、軍用匕首和其他棍棒類武器互相攻擊，並且以殘破的廢墟掩護、埋伏、包抄，幾乎就像是一場小型的戰爭。若非警方配備了火力更強大的半自動步槍，恐怕還無法壓制這些少年。

當警方趕到，械鬥已經開始了一段時間。雖然警方很快解除了所有人的武裝，但已有兩名少年中刀身亡，並有一名少年身中兩槍，開始出現休克跡象。

這起命案並未在媒體上引起多少注意——在戰後的幾年間，由於大量武器流入民間、失業人口急遽飆升等因素，治安惡化到前所未見的程度。與各縣市頻繁出現的銀行搶案、擄人勒贖與滅門血案相比，鄉間小鎮的少年械鬥實在無法吸引大眾的眼光。然而，這起事件卻是地方人士出錢出力，支持成立「鎮安宮」的關鍵。

起先，警方從感情、金錢或幫會糾紛的方向下手，訊問這些少年的械鬥動機，卻一無所獲。他們之間沒有任何怨仇，甚至大多不認識彼此。而他們被捕之後出奇一致的平靜態度，更是令人十分困惑。根據少年們的供述，他們並不是約好一起到院區去的，而是在當日中午左右，突然「想起有某件事要做」，於是走出校門。無論警方用什麼方式訊問，也沒有任何一人能說出，他們手上的那些武器是從哪裡來的。「好像是路上撿到的吧？」少年們渾若平常地說。同樣的語氣，也出現在他們解釋為何會對無怨無仇的彼此痛下殺手。即使每一位少年都是分開訊問的，他們的回答也精確到一字不差的程度：

「因為仗還沒有打完啊。」

同年三月上旬，正當全國如火如荼地進行第一屆總統與國會議員選舉時，埔里鎮民最關注的，卻是「鎮安宮籌建委員會」的成立。蘇清源回顧了當時的輿論氛圍，說明建廟一事為何獲得壓倒性的支持：「這麼多神神鬼鬼的事，本來就不由得你鐵齒。就算你鐵齒吧，現在是真的鬧出人命了，至少可以證明人心惶惶的程度，已經不能不想點辦法了。如果建一座廟、辦一場大醮能安定人心，又有什麼理由反對？更何況，死的還是小孩子……誰能保證下一戶出事的是不是自家？於是不管信不信鬼神的，通通都捐了一筆。」

以靈乩為業的鄭老師，則頗能代表「信其有」一方的視角：「不管怎麼樣，因為戰爭而死的孤魂，一定都是滿腔冤屈的。哪一方會覺得自己是該死的？當然沒有。在我們活人的眼中，這些現象叫作『作祟』，但在他們看來，這就是不斷在提醒活人——這裡還有很多問題沒有解決，不要忘了我們！而建廟作醮，就是最萬能的解決方案。不管你有什麼冤屈，不管你來自何方，此後我們一齊孝敬香火……」

現在鎮安宮後殿之中，一塊「埔里境內戰歿無祀孤魂」的靈位，便充分呈現了這種無從分類，於是乾脆不分立場出身，通通融混為一來祭祀的邏輯。這塊靈位所召喚的，既是我軍也是敵軍，既是士兵也是平民。鄭老師向我們說明其中的宗教邏輯：靈位上的每一個字眼，都會將一切祭儀的力量，傳達給符合條件的孤魂。「埔里境內」畫定界線；「戰歿」當然沒有歧義，指涉的是「埔里事件」中的亡者；「無祀」則再把範圍限定到沒有人祭拜、被世人所遺忘的孤魂。人們相信，凡有厲鬼作祟，都是出於這類孤魂；而只要以香火安撫孤魂，就能化解冤仇，甚至將祂們的靈力轉為己用。

「《左傳》說：『鬼有所歸，乃不為厲。』就是這個意思。」

不過，並不是所有「埔里事件」的罹難者，都會以「戰歿無祀孤魂」的名義祭祀。能被家屬指認，各有歸屬者，自然不在「無祀」範圍內；而在事件中犧牲奉獻、立下戰功者，自然也被埔里鎮民神格化，成為有名有姓、有具體形象的神明。這些神像，便構成了正殿的主要陣容：在解放軍一開始攻擊醫院時，便有所抵抗的兩名急診室警衛；在解放軍佔領期間，與失去人性的敵人周旋，勉力救出一批病患，卻從此深陷精神恐怖而自殺的謝院長；發現並打通了愛蘭護理之家的地下道，卻誤中敵軍詭雷的蘇怡婷；每一位在攻堅過程中，不幸陣亡的我軍將士，以及奮起抵抗裡應外合的院內平民……

如此安排，也更能撫慰鎮民的感情。雖然自古以來，人們相信建廟祭祀可以化敵為友，但若是不分主次高低地祭拜所有戰歿者，將犯下戰爭罪的暴徒，與被殘殺的受難者和保國衛民的戰士等量齊觀，在情感上是很難過得去的。因此，鎮安宮籌建委員會的重要任務之一，就是敲定必須塑像祭祀的名單。此外，為了達到威壓厲鬼、撫平不安的效果，蘇清源鎮長出面向教會交涉，不但成功購得舊院區土地，更讓教會同意在原地修建寺廟，可說是台灣宗教史上的一段佳話。

諸事俱全後，寺廟於二〇四八年六月開工。半年後，也就是二〇四九年二月二十七日，寺廟落成，開始了為期一個月的大醮。經過地方人士的討論，寺廟最終定名為「鎮安宮」，一方面展現鎮壓邪氣之勢，一方面也蘊含了祈求平安之意。而今，「鎮安宮」三個字已家喻戶曉，它正門牌匾上的書法字體，更是印遍了所有與埔里相關的周邊商品和觀光文宣。任何到此一遊的遊客，必然都會知道這塊牌匾乃是台灣民國第一屆總統蔣志怡手書，也是她唯一留下的書法作品，如此「唯一」的地位，展現了國家對埔里軍民的哀悼與敬意云云。這樣的說法與官方觀點吻合，但地方人士耳語流傳的，卻有另一種觀點。

「此地的煞氣太重，唯有總統級的正氣，才有把握鎮得住吧。」鄭老師說。

六

也因為上述的曲折，地方人士和外界對於鎮安宮落成大典出席名單的解讀，與外界頗為不同。

蔣志怡雖然打贏了獨立戰爭，以極盛的聲勢選上獨立後的第一任總統。但在勝利的激情過後，執政難題陸續浮現。在解放軍的強力轟炸下，各地基礎設施受到極大的破壞，特別是發電廠、港口、機場與鐵路，使得對外貿易大受影響。彰化外海的離岸風機在二〇三〇年代成為發電主力，躍升為第二大電力來源，在戰爭期間卻幾乎全毀，縱然有遲滯敵軍之功，卻也留下了數年難解的海上廢墟，以及巨大的電力缺口。而基隆、高雄等地的港口雖然機能未受太大的破壞，但為防備解放軍入侵而布置的大量水雷，一時之間難以清理乾淨，也大大影響了吞吐量。

這些案例，還只是其中比較顯著的。總之，在二〇四九年鎮安宮落成當下，正是民族主義稍微退燒、經濟狀況惡化難止的時期。即使中央政府將各盟邦捐助的大筆經費投入戰後重建，短期內仍無法壓低失業率，這又更進一步促使社會動盪、治安惡化。因此，蔣志怡出席鎮安宮落成大典，並且宣布在此建立全台第一個「戰爭英雄紀念碑」時，便被外界解讀為重新炒作民族情緒，以挽救執政黨日益下跌的支持度。

而行政院長趙思墨的出席，更是引起外界議論。為了留下良好的憲政體制，避免強人政治再現，蔣志怡承諾自己在兩任中華民國總統、一任台灣民國總統的任期結束後便會退休，從此不再擔任任何黨政職位。揆諸執政黨內可能接班的政治領袖，沒有比趙思墨呼聲更高的了。趙思墨在獨立戰爭期間指揮高雄軍團，不但抵擋了解放軍主力部隊的進攻，還在「四維事件」之中逮捕了企圖叛變的高雄市長，樹立忠勇抗敵的形象。當高屏地區的戰事告一段落，趙思墨更沿南迴鐵路揮軍東部，支援台東、花蓮等地飽受解放軍分隊騷擾的守軍。這些戰功使得趙思墨由一名軍事將領，搖身一變成為聲望僅次於蔣志怡的政治明星。戰後，趙思墨卸下戎裝轉任文官，一年多來穩坐行政院長的高位，也證明了他至少能夠不過不失，與官僚體系和國會議員共事。

不過，相較於主管外交與軍事的總統蔣志怡，負責內政的行政院長趙思墨在戰後百業蕭條的氛圍之下，所受到的質疑是更大的。特別是他有意競選第二任總統，如果不能在任內拿出一點成績，未來勢必成為對手攻擊的把柄。對此，趙思墨與蔣志怡的聯袂出席，也就引起諸多想像了——就算鎮安宮被定調為國家級的紀念建築，似乎也沒有重要到必須讓總統、院長一齊到場吧？

某些政治評論認為，這不但不是府院雙方齊心協力的表徵，反而隱然顯露出雙方不和的跡象。這個說法，或許可以從蘇清源多年以後的回憶找到旁證：「一開始我們是邀總統，是她帶領全國打贏的嘛。結果敲定之後沒兩天，我又突然接到電話說，院長也會一起來。」這一「不請自來」，被解讀為趙思墨的抗議行為。原來，趙思墨作為實際指揮的前線將領，對於外界將獨立戰爭的首功歸給蔣志怡，已嘖有煩言。而趙思墨一開始雖然感激蔣志怡欽點他出任行政院長，但隨著輿論壓力逐日升高，趙思墨不免懷疑：蔣志怡是不是早已盤算好要「杯酒釋兵權」，並且將一個註定救不回來的爛攤子拋給他，以保持自身的政治聲望？這樣的懷疑，在蔣志怡恪守「總統主外、院長主內」的憲政慣例，幾乎不對國內經濟政策進行任何評論，「一切交由院長回應」

的情勢下，竟顯得不無道理，日日加深了府院之間的猜忌。

「戰爭不是靠任何一個人可以打贏的。」在媒體訪問趙思墨，談及如何評價蔣總統的貢獻時，他意有所指地說：「應該被紀念的，是每一個付出過努力的人，每個人都是英雄。」

不過，坊間也流傳另一種說法：府院的聯袂出席，並不是總統與院長的爭功較勁，而是兩人聯手，將一座民間自發籌建的廟宇，強行提升到國家級的高度，以此製造出一個向美國施壓的外交場合。這種說法難以查證，卻可以解釋美國首任駐台大使康蒂何以也會出席。在戰爭期間擔任參謀總長的鍾邵逸，多年後出版了《關鍵決策》一書，回顧戰爭期間的折衝樽俎。根據他的說法，我軍在戰爭前期隱藏實力，讓解放軍順利投送第一批登陸部隊上岸，我軍再予以截斷圍殺的戰略，對蔣志怡來說是「極為痛苦的決定」。在蔣志怡任內，她始終一肩扛起這個決策，為這項戰略辯護。而從後續發展來看，也確實因為這項戰略，解放軍最精銳的尖刀部隊遭遇了毀滅性的打擊，實力倒退三十年以上，為台灣的獨立爭取了極大的空間。然而，這些空間卻是以台灣軍民的慘烈傷亡換來的。

鍾邵逸在書中直言：

「如果依照常規方式作戰，我們至少可以將半數共軍擋在海上。這還是保守的估計。如此一來，我方軍民的傷亡就可以大大減低——很可能連現有的五分之一傷亡都不到。他們上岸的人越少，我方的優勢就越大，越能阻止他們攻擊城鎮。」

「但是，這並不是美國想看到的局面。」

自從二〇一〇年代後期，中國便意圖打破由美國主導的西太平洋秩序。美、中之間的關係時遠時近，有時合作有時對抗，台灣也就在兩強的夾縫之間浮沉不定。而當二〇四七年，中國因為內部因素，猝然發動對台戰爭時，美國已認定中國是不可靠、不穩定的對手，無法以外交手段控制。因此，蔣政府多次公開提及「必須消滅中國有生力量，才能換取台灣的安全」之說法，實際上是美方設定的核心戰略，只是抽換了一個關鍵字：「必須消滅中國有生力量，才能換取西太平洋的安全。」

於是，台灣成為一個巨大的陷阱，將中國多年累積的、用以爭霸的資本消耗殆盡。這也是鍾邵逸所說的「極為痛苦的決定」——蔣志怡是要冒著可能戰敗淪陷的風險，不與美國合作，獨自抗敵；還是與美國合作，採取勝算更高、但註定傷亡更大的戰略？

後事我們都知道了。要是如鍾邵逸所述，蔣志怡雖然配合了美方的戰略，心中卻藏有不滿，那以總統、院長聯袂出席的態勢，邀請美國駐台大使康蒂參加鎮安宮的落成大醮，也就頗有抗議意味。「埔里事件」是整場戰爭中，最惡名昭彰的平民屠殺。這一舉動，等於是在向美國傳達「親眼看看你們造成了什麼」之訊息。當然，這種外交較勁很可能永遠無法證實。但從二〇五〇年代台美合作之密切，大量美商投資湧入台灣，以致於在二〇六〇年代造就一波經濟榮景的結果來看，要說美國對台灣戰後的狀況有所「同情」，蔣趙執政期間對美國有所「爭取」，大概是不爭的事實。

不過，流傳於鎮民口耳之間的，卻是更宗教性的解讀。

二〇四〇年代，鄭老師正當三十多歲的壯年，從事「靈乩」之職已有一點資歷。他日常的工作，便是接受各種委託，解決靈異方面的疑難雜症。從一開始，他就是鎮安宮籌建委員會的委員之一；這不只是因為他的宗教異能，也是因為鄭老師一家代代都是埔里鎮上的仕紳，熱心於地方事務。

根據鄭老師的說法，蔣志怡、趙思墨、康蒂這個出席名單，其實是總統府接到邀請之後，請示了民俗界高人，主動做出的決定。

事實上，戰後傳出鬧鬼、靈騷事件的，並不只有埔里一處。全國各地都有類似的騷動，並且數量越來越多，這是從社群數據裡能夠看出趨勢的。府方基於科學信念，是不可信其有；但既然輿論繪聲繪影，那也不必斥其無，就趁著這一場全國矚目的宗教大典，來一場國家級的鎮魂儀式。每一位出席典禮的人物，都有其象徵意義：總統主祭鎮安宮落成大醮，角色是安撫逝世的平民；趙思墨以高階將領的資歷出席，是為了向陣亡將士下達「任務完成」的解散令；康蒂則自然是代表美方，紀念較被忽略、但在各個層面為勝利做出貢獻的外國軍職、情報等人員。

「雖然我們的宗教信仰不同，不過看到不同出身、卻同樣為這塊土地犧牲奉獻的人，能與這塊土地上歷史悠久的信仰融為一體，還是非常令我感動。」

康蒂在當天受訪的內容，確實能往這個方向解讀。鄭老師甚至還告訴本刊記者，當時府方安排的人還不只這些，只是不方便在媒體上公開而已。

「如果每個族群，都有一個『溝通代表』，那你不覺得缺了很大一群孤魂野鬼嗎？」

鄭老師指的是解放軍。無論是「埔里事件」不被中國官方承認的傘兵，還是全台各地陣亡數以萬計的入侵部隊，都是民間不安的根源。由此，府方也透過了祕密的管道，找到一位身居中國政府高位、有軍銜有勳章、卻不曾在檯面上露臉的人物。鄭老師回憶道，蔣志怡、趙思墨、康蒂上香之時，他就在鎮安宮，也像其他湊熱鬧的鎮民一樣，目不轉睛地全程觀禮。這時，他發現有件事不太對勁——這三人齊聚的場合，身旁環繞不少西裝緊繃、虎背熊腰的隨扈，這不奇怪，奇怪的是，為什麼只有一名隨扈拈香跟拜，不必像其他人一樣朝各方向警戒？

事後，鄭老師才從各處小道消息裡，拼湊出一點眉目：這位「隨扈」，其實是私下代表中國政府而來的。他的角色與趙思墨類似，也是為了傳達「任務完成」的解散令，只是對象改為戰死的解放軍。據說，這位「隨扈」並不是土生土長的中國人，在旅外的台灣人圈子中頗有一些人脈。也因為這層脈絡，在中共新任總書記卓一鵬上台之後，他便成為穿梭海峽各岸，溝通中美日台四國的密使。

鄭老師打開自己的手機，裡面收藏了當年各大媒體拍攝祭典的影片，他一一指認每一支影片當中，那位密使所在的位置。有趣的是，每一支影片都有拍到他，但每一支影片都沒有拍到他的正臉。即使這人就站在總統身後兩步而已。

「很多人常常問我，整天處理這些鬼怪靈異的事情，難道不會怕？我每次都會回答：如果你覺得鬼很可怕，那你認識的人大概還不夠多。」

鄭老師一邊說，一邊大笑起身。在他身後的，是暮色逐漸降臨的鎮安宮。它不但沒有隨著陽光消退而黯淡，反而被臨近的觀光人潮烘托得燈火通明，金光閃爍。就如同這二十年來，它從一座普通的廟宇，漸漸發展成一個超大型的戰爭紀念園區一樣。毋寧說，越是在無光的時刻，越顯得鎮安宮的巍峨巨大；越是充滿種種歷史的暗面，就越顯得它所祭祀的「埔里境內戰歿無祀孤魂」，有著無可量測的靈力。

作為一切悲傷、困惑與矛盾的複合體，鎮安宮顯然還能繼續香火鼎盛下去。既紀念著無辜的平民、戰爭的英雄，也庇佑著搶匪、小偷和賭徒。二十年來，每一屆總統候選人，都必須來此上香、宣布參選，也都必須在選上之後，添一塊有全銜與落款的牌匾，收藏在宮中。時間由此蔓延，往下一個二十年、五十年、一百年，無止境地雄踞在這本來清冷的山間小鎮裡。

註：本文原擬以「獨立戰爭二十週年系列專題」之一部分，刊載於某新聞雜誌。後因故取消刊出。現經細部編修後，收錄於本書。

鎮安宮

周睿明（b. 2038）

紀念碑052

年份不詳

蠟筆、圖畫紙

50×70 cm

圖版修復：柳廣成

附錄

对台岛分离主义者心战策反工作分析报告书：导读《以下证言将被全面否认》（节录）

林运鸿

习近平领导同志曾在〈对台政治工作九大纲领〉指出，「在实现祖国统一和中华民族团结的不可抗拒的历史性任务中，我们不能吝啬任何必须付出的牺牲，同时也必须争取一切任何可能的助力」。二〇四七年，祖国被迫发动第一次台湾解放战争，尽管我军一度成功登岸，攻占多处战略要地，然在台独势力和美日帝国主义的阴谋运作和连手夹击下，我军功败垂成，最终也未能自极端民族主义政党手中，解除台湾人民倒悬之苦。尽管英勇我军将士从未吝于「必须付出的牺牲」，然之所以军事失利，正在于缺乏接应、未能渗透台岛决策中枢，此一惨痛教训应使我党牢记当年习近平同志的前瞻提醒，如何在统一大业的历史正途上，竭尽所能以争取「任何可能的助力」。

古语云，以史为鉴，可以知兴替。然在去年夏末，在台湾文化界颇有知名度的青年小说家朱宥勋，以「战争记忆」为名义，出版了争议极大的纪实文学《以下证言将被全面否认》，挑战了台湾当局充斥着谎言与错谬的历史叙事，并宣称将「站在被否认的这一边」。

该书在台湾社会引起相当批判声量，特别是，由于该书揭露解放战争后「新国民（台人对于战后滞台解放军士兵之称呼）」在台湾饱受歧视之社会处境、「第一次解放战争」背后的阴谋策划、台湾军方进行非人道「电子生化改造」等等秘辛，因之这位过去普遍被视为「台派」立场的青年小说家，反遭到其他法西斯台独分子的全面围剿。该书出版后，不少评论将之视为「叛徒、台奸、卖国」，朱宥勋的社交媒体也被民众辱骂所淹没，更有人带着该书前往出版社办公室，公然焚烧表达抗议。

在当前祖国经济发展与政治建设前景大好的有利情势下……（中略四千五百字）

就宏观层面，《以下证言将被全面否认》引起的风波，暴露了长久以来存在于台湾社会内部的民族主义矛盾。尽管以民进党为首的一小撮台独分子，在所谓「绿色恐怖」法西斯统治下，压制台湾同胞渴望与祖国统一的真诚心声，但《以下证言将被全面否认》一书透过千钧健笔，打开言论自由的破口、直指龌龊战争内幕，同时更触及战后台湾同胞在经济衰退和治安败坏下的悲惨生活。就祖国向来的宽大为怀立场，我们欣然于一位曾经走上歧路的青年知识分子，终于良知未泯、幡然悔悟，主动与台独颠覆势力划清界线，重回广大中国人民的温暖怀抱。

开篇〈台湾人民解放阵线备忘录〉，忠实描写了在台地下党同志，于台湾解放战争期间，将个人生死、亲子私情置之度外的高尚爱国情操。而书中〈何日君再来〉、〈镇安宫的前世今生〉，则批判台湾军方极其卑劣的「彼岸花心战喊话」与「劣质弹药作战」；并歌颂了面对弹尽援绝处境，解放军战士宁死不屈的昂然精神。至于〈私人美术馆的最后一日〉，更是深刻洞察了台独政权之独裁本质，讲述台湾军方对参战士兵施以大规模的、具有致幻效果之成瘾性药剂注射，用以改造体质意志的骇人罪刑。此一丑闻堪比对日抗战期间，关东军７３１部队对中国战俘所进行的非人道生化实验。

尽管该书所揭露的战争真相，不能见容于少数台独分子，然而这样一本血泪铸就的后战争史诗，必然于未来两岸统一、国家复兴的伟大斗争中，吹响第一声昂扬号角。该书虽有部分史实瑕疵，但总体而言，仍彰显了战争英雄的革命意志、中国共产党与台湾同胞的血浓于水联系，中华民族追求发展与解放的荣耀路线！……（中略八千八百字）

就祖国近年来对台湾的心战、政战、宣传等文化工作，《以下证言将被全面否认》于近期引发的争议，不仅标志出台独分子的内部纷歧与政治分裂，更是祖国方面应当牢牢把握的历史性机遇，在普遍受到「反中」气氛毒害的台湾文化界，积极寻找潜在盟友，并为当前僵持不下的台海情势创造两岸统一的必然命运。

毛泽东领导同志提出「联合次要敌人，打击主要敌人」的革命战略原则；邓小平领导同志亦曾说「不管黑猫白猫，能捉到老鼠就是好猫」，秉此，本报告书建议，在台岛文化界持续封杀小说家朱宥勋期间，我党方面或可责成各大科研单位，以学术文艺名义，邀请朱宥勋返归大陆进行讲学参访，以增进其对于祖国社会的知性认识与感性亲善。我党更可进一步考虑，通过必要审批程序，允许朱宥勋著作于祖国流通出版，提供国内民众认识今日台湾社会的正确信息渠道。

然从学术研究角度，本书仍有数点重大错误。

其一，该书指控卓一鹏领导同志，秘密牵连「台湾民国」宣布独立的阴谋活动。作者朱宥勋显然在成书过程中，深受诸如大纪元时报、刘仲敬、余杰等海外颠覆叛乱势力所提供之误导性信息来源所影响。无庸置疑，此类说法完全悖离历史现实、恶意抹黑我党领导同志，是帝国主义势力暗中运作的分化阴谋。建议该书〈南方的消息〉一章，再交予文化工作特别小组，以进行全面的编修审订。

其二，书中有部分人物、史事，显然混淆了二十年前「台湾人民解放阵线」与百年前「中国共产党台湾省工作委员会」的活动轨迹。在超过一世纪的海峡两岸分断体制、甚嚣尘上的台岛分离主义教育下，在台共产党人为了追求祖国复兴的可歌可泣努力，受限于客观条件而不幸遭到相当的曲解、湮没。我党应正确认识到，即便该书作为一本具有现实意义的小说杰作，仍然禁不起严谨公正的历史学检验。

其三，该书存在有相当的唯心主义、封建迷信、情色描写等负面要素。如书中提及解放军飞行员跳机逃生后被「魔神仔」（台湾民间传说中的鬼怪）收留照顾、年轻「台解」成员周睿明具有超自然感应能力的画作、泰缅孤军后裔黄仲华与谭嘉茂之间隐晦败德的同性情欲等等，此类描写明显有悖于中华民族传统善良风俗，亦会破坏具有中国特色的和谐社会，因之，该书审批程序须对此类段落进行重点关注。

（中略三千四百字）

综上所述，为有效实现祖国统一事业，当前我党对于台岛分离主义者所进行的策反与心战等工作，应同时具有宏观战略视野与微观战术弹性，并透过隐蔽战线的因势利导过程，吸收并争取台岛内部边缘份子。然我党在吸收、争取、再教育台岛同志的实务工作中，仍必须牢牢抓紧社会主义革命之坚定立场，同时警觉地认识到，正如《以下证言将被全面否认》一书难以摆脱的小资产阶级知识分子气味，台岛同志也必然受限于台湾社会在分离主义、帝国主义、殖民资本主义影响下的历史性局限。我党必须随时抓紧思想工作，密切关注策反对象可能具有的投机摇摆心态，或者潜在的反动倾向。

二〇六八年一月十五日

（本文作者林运鸿，现系厦门大学台湾研究院文化作战特别编制小组特约研究员）

國家圖書館出版品預行編目（CIP）資料

以下證言將被全面否認 / 朱宥勳著 . -- 初版 . --
臺北市 : 大塊文化出版股份有限公司 , 2022.09
面；　公分 . --（to ; 131）
ISBN 978-626-7118-95-5（平裝）

863.57　　111012429

LOCUS

LOCUS

LOCUS

LOCUS